Frau Kopf
Kopf Schweine Sterben

Frau Kopf

Kopf Schweine Sterben

Bibliografische Information der Deutschen Nationalbibliothek
Die Deutsche Nationalbibliothek verzeichnet diese Publikation in der Deutschen Nationalbibliografie; detaillierte bibliografische Daten sind im Internet über http://dnb.dnb.de abrufbar.

© Frau Kopf 2014
Kopf Schweine Sterben

© Marianne Leim Verlag – Inhaber Armin Sengbusch
www.marianneleimverlag.de
Herstellung: Books on Demand GmbH, Norderstedt

ISBN: 978-3-9815916-8-2

Nachdruck und Vervielfältigung jeder Art, auch auf Bild-, Ton-, Daten- und anderen Trägern, Fotokopie (auch zum »privaten« Gebrauch), Digitalisierung – in jedweder Form – sind nicht erlaubt und nur nach vorheriger Absprache mit dem Autor möglich.

*Für jene, die lieben, lesen, sich trauen,
auch mal genauer hinzusehen und Fragen zu stellen.*

*Insbesondere widme ich diese Zeilen Jolla, David, Robert,
Daniel, Jakob, Nora, Liz, Alex, Lauren, all den Unterstützern,
Momentbegleitern und Inspirationslieferanten
und nicht zuletzt den fantastischen Menschen,
die sich trauen, mein erstes Buch zu verlegen.*

Inhalt

Neuauflage	11
Wie bitte?	12
Diagnose Suizid	14
Mustermann	16
Teilchenfräulein	17
Mutsch	19
Drei und Tausend	21
Allein	22
Schön	24
Schwierig	25
Öl und Musik	27
Leuchtemann aus Hundeaugen	29
LSD-Lucy und die blöde Liebe	31
Madame Glubsch bemalt Klowände	33
Stoffente trifft »fette« Katze	35
Stückchen	37
Mechthild und die Windmühle	38
Tobend ich	39
Arschlochpumpe Herbstherz	40
…	42
Kaufen, saufen, rennen, flennen	44
Kinderlied	45
Bewegung	47
Margo will sterben	49
Lebensziel: Ankommen	51
Modelsuppe	53
Stumpf	54
Bild einer Hungrigen	55
Große Halbwahrheiten, kleine Lügen oder: das stumpfe Schweigen	56
Blasser Wein	58
Monster	60
Chanel	62
Das Bett	63

»Irgendwas mit Deep Throat!«...64
Was wissen wir denn schon?...65
Liebst du mich, dann lieb ich dich..66
Der Tag, an dem ich mir selbst über den Kopf wuchs................67
Triebe und Liebe..69
Die Muschi bleibt trocken...70
Alter Ego..72
Die Traurigkeit..74
Schmalzstullenuschi..75
Typen, die sich als total crazy und amüsant bekloppt bezeichnen,
sind ungefähr so reizvoll, wie ein Darmverschluss oder ein feiner
Intimherpes..77
Und du bist immer noch da...79
Fastfoodliebchen..80
Fickfilmanimation...81
Frau Fett sucht die Liebe...83
Geschichtenerzähler..85
Unschuld..87
Von denen, die auszogen,
das Glück zu lernen...89
Braindead...90
Was bleibt?..92
Zuhause..94
Der brave Henry..96
Nichts fühlt sich schöner an,
als dünn zu sein..98
Eigentlich ist die Stadt ja ganz lieblich.....................................100
Thorben-Hendrik..101
Lodos Liebe...103
Guten Appetit...105
Mathilde springt...107
Mela...109
Alt und grau...110
Hasso und Sarotti..112
Herpeshure..114
Hunger...116
Irma...117

Kunst verläuft sich	119
Befrei dich!	121
Mach mal Mittag und dir keine Sorgen	122
Waschweib	123
Morgen	125
Botenmädchen	126
Mutti macht Mittag	128
Natürlich habe ich den gefickt!	130
Popstar	132
Quietschfleisch	134
Ruckel	135
Suchtsau	138
Maria & Magdalena	140
Amazonentanz	141
Gulaschgirl	143

Neuauflage

Ein Schlag in die Magengrube, der Leib bäumt sich auf und zittert unkontrolliert. Ein Tritt ins Gesicht und die Nase verliert sich unter seltsam klingendem Knirschen in einer unschönen Uniform. Ein Nachschlag der bösen Liebe und Lust, lässt Zähne zum Vorschein kommen, die dort, wo sie jetzt liegen, nicht hingehören.

Die Beobachterin bewegt sich nicht. Sie sitzt dort auf dieser stinkenden Keramik, spreizt die Beine und untersucht halbherzig die Laufmaschen in ihrer Strumpfhose. Vor ihren Augen wird dieses dunkelhaarige Weib nach allen Regeln der Kunst vorgeführt, fertiggemacht und ausgelaugt.

Dem wimmernden Knäuel am Boden sprudeln kleine Blutsturzbäche aus etlichen Wunden. Sie wird immer stiller, bewegt sich weniger, wehrt sich nicht mehr. Liegt nur da, krampft und spuckt.

Der Lippenstift wird nachgezogen, die Frisur sortiert und die beobachtende Genießerin erhebt sich. Sie verscheucht die bösen, schlagenden und tötenden Geister mit einem Wink.

Sie kniet vor dem kaputten Mädchen, dort am Boden, fährt ihr mit spitzen Fingern durchs Haar und küsst den zahnlosen, schlaffen Mund. Ein schönes Bild und ein noch schöneres Gefühl. Dort soll sie liegen bleiben und endlich verrecken. Der alte Geist, die alte Persönlichkeit.

Das alte Mädchen verliert all ihre Säfte, Ideen und Träume. Hier auf dem Boden. Die neue Frau spannt ihre Schenkel an, ignoriert die Laufmaschen und die feuchten Schuhe. Sie geht, dreht sich nicht um, erfreut sich an diesem großen Ereignis, dem gewünschten Verlust und vergisst.

Wie bitte?

Sie funktionieren nicht?
Da gibt's einen Defekt im Kopf?
Hier, nehmen sie ne Pille!

Eines Morgens ist er aufgewacht, hat seinen Hinterkopf und seinen Nacken befühlt und den Knopf gesucht, der ihn, den traurigen Mann funktionieren lässt. Er wollte das doch so unbedingt.

Lieben, arbeiten und lachen, wenn irgendwas witzig zu sein scheint. Konzerte, Fußballspiele und zur Not auch Mario Barth gut finden. In der U-Bahn keine Panikattacken bekommen, am Fließband oder in der Großküche nicht kurz vor dem Zusammenbruch stehen und in den Menschen etwas wirklich Gutes sehen. Vergangene Erfahrungen ausblenden und keine Angst mehr vor der Zukunft und dem bösen Monster »Ich bin mir selbst der Nächste« haben. Perspektiven erkennen, anfassen und fühlen können. Sich auf den nächsten und nächsten und nächsten Tag freuen.

Der traurige Mann lacht oft und laut, weil ihm die Stille zu verräterisch erscheint. Der traurige Mann kennt gut und gern Tausend Leute und geht mit den gesichtslosen Ersatzbefriedigungen tanzen, trinken und sich leer flunkern. Der traurige Mann lässt niemanden wissen, dass er kein glücklicher Mann ist und nicht weiß, wie sich Wohlgefühl wohl bemerkbar macht.

Orgasmen sind fad, die Damen heiß aber nicht warm genug und das Bett eigentlich immer ein wenig zu kalt. Mama und Papa schimpfen, weil der Sohn nicht arbeitet, keine gescheite Frau hat und sich manchmal wochenlang ein- und verschließt.

»Mama, ich bin traurig«

Wieso denn? Ist doch alles gut!

Aha, depressiv also, Fensterbrettgedanken, so-so, ach, ihr

Kinder und eure Modekrankheiten von heute.

»Hier, nehmen sie 'ne Pille!«

Frau Doktor guckt durch den traurigen Mann hindurch, Frau Doktor scheint selbst sehr traurig, sie verrät es aber keinem, nur den freundlichen Pillen.

Er wird sich eine Ration mitnehmen, sie in den Müll werfen und sich fragen, wo der Knopf eigentlich bei den anderen Menschen sitzt oder warum er sich so fühlt, als wäre er eine knopf- und kopflose Fehlproduktion. Und am nächsten Morgen wird er wieder danach suchen.

Diagnose Suizid

Womöglich ist man aber nach Tausenden gehetzten und fressenden Kilometern einfach nur müde.

»Wie konnte sie nur?«
»Hätte man ihr nicht helfen können?«
»Wieso haben nur alle weggeschaut.«
Dreierlei Phrasen von gefühlten Zehntausenden.

Frauke Ludowig starrt mir zutiefst betroffen entgegen und vermittelt mir natürlich die wahre Aufrichtigkeit, das tiefe Beileid und das enorme Interesse an der Beantwortung jener Fragen.

Es braucht kein Exklusiv, keinen Enke, keine Seidel, keinen der Dutzenden gescheiterten Kinderstars, die sich nicht anders zu helfen wussten, um zu realisieren, dass da was nicht stimmen kann. Vor wenigen Tagen habe ich die Frage nach den Masken und deren auferlegte Zwänge gestellt. Interessant, was sich daraus entsponnen hat. Aufschlussreich, wie konditioniert und egal man mit eben diesen angezüchteten Gesellschaftshühneraugen umgeht.

Die Reaktionen machten wütend, schwach, traurig und ließen nicht selten hoffen. Hilde, Inge, Thorben und Frank von umme Ecke haben davon nichts mehr.

Nichts von der Frage nach dem Warum, nichts von der schlecht blondierten und verlogenen Vorlagenfrauke
und erst recht nichts von den kläglichen Versuchen, aus einem viel zu kleinen Blickwinkel etwas erklären zu wollen,
dass gar niemand verstehen oder auch nur realisieren kann, der es nicht bereits durchgespielt hat.

Diagnose Selbstmord.
Warum tut man das?
Der oder die hatte doch alles!
Der oder die hat doch immer soviel gelacht.

Der oder die war doch stets dabei, wenn´s um wilde Partys, laute Diskussionen und ne Prise Liebe ging.

Echt jetzt?

War das so?

Keine Anstrengungen, die bis in die steten Alpträume verfolgten?

Kein »Du musst funktionieren«?

Keine Angst vor der Zukunft, dem Verlust, der Angst und dem immer größer werdenden Misstrauen?

Kein Selbsthass, der nur mit massivem Genuss diverser Stöffchen und Photoshop halbwegs zu ertragen war?

Vielleicht wollte man den On-Knopf einfach nicht mehr permanent gedrückt halten, das geht an die Substanz.

Vielleicht machten Geld, laute Musik, nasse Küsse und leeres Lachen schlicht nicht glücklich genug.

Vielleicht waren Wohnung, Kind, Partner und Job einfach nicht das, was antreibt.

Vielleicht aber auch, war man es Leid, sein fremdes Gesicht immer verziehen zu müssen, es jeden Tag
im Spiegel sehen zu müssen und zu wissen, dass niemand es verstünde, würde man sich offenbaren.

Womöglich ist man aber nach Tausenden gehetzten und fressenden Kilometern einfach nur müde.

Such dir was aus!

Weißt du´s?

Ob Frauke es weiß?

Mustermann

Ich bin Trommler, Hausschuhträger, Nacktschläfer, Großschwanz und nur an den richtigen Stellen haarig. Ich ficke meine Nachbarin und deren Freundin. Ich trenne meinen Müll nicht, klaue besagter Nachbarin gern die Post und pisse gegen ihr Fahrrad.

Ich habe schon zwei Leichen gesehen, mir einmal von einer Transe einen blasen lassen, festgestellt, dass die das besser konnte als jede blondierte Muschi und daraufhin dem Leckerchen die Nase gebrochen. Ich kann mit Homos nicht umgehen. Mit Heten aber auch nicht und die Menschen sind an und für sich eh nicht meine Rasse. Ich zahle Steuern, verachte Fremde, Wilde und Dreckige, die meine Gelder für sich beanspruchen.

Ich mag Hunde. Die ganz großen Kaliber, die dir die Kehle mit einem Gähnen durchbeißen könnten. Ich stehe auf blutige Steaks, scharfen Whiskey und große Ärsche. Ich verabscheue Frauen, die Zöpfchen tragen, Bankangestellte und Discounterschuhe. Mich machen Realdolls, dicke Titten und Golden Showers geil. Und knebelt man die unbewegliche Dame, mutiere ich zu einem Zwei-Minuten-Spritzer.

Ich bin ein ganz normaler Alltagsbursche. Rasierte Brust, gemähter Rasen, Mittelklassewagen, Sonntags Pizza bestellen, meiner Freundin sagen, dass ich sie liebe und sie dabei ganz romantisch in den Arsch ficken, nur wenig Dispo, Schwiegereltern besuchen, Klo putzen und nur ganz selten die kleinen Thais von der Straße sammeln, um zur Mutation zu werden.

Mir geht's gut, ich bin Max Mustermann, vielen sympathisch und glücklich.

Teilchenfräulein

Metall zerteilt Metall und ganz nebenbei ganz elegant den eigenen Kopf. Schön findet die Dame das. »Endlich muss ich mir keine Gedanken mehr machen, ich war das Elend sowieso leid.«

Nichts bleibt.
Kein »Sitzt meine Frisur?«
Bin ich schön genug für mich, dich und die?
Sind meine Schenkel zu wuchtig für durchtrainierte Männerhüften?
Warum meldet er sich nicht?
Nur friedliches, gedankenfreies Platzen, Rauschen, Reißen und Strömen.

Hier und da klatscht ein alter und unwichtiger Gedanke auf die rostigen Gleise, bleibt ein ungelebter Traum zwischen all dem Schotter, Restmensch und Metall liegen. Wunderschön glänzend versickert das Restleben und bleibt irgendwo zwischen Berlin und Frankfurt auf der Strecke.

Die zerteilte Frau wollte Verwandtschaft besuchen. Hübsch aussehen, als würde es ihr fabelhaft gehen und als hätte der dreckige Großstadtschwanz ihr bisher nichts anhaben können. So, als hätte sie sich nicht tausendfach verschenkt, weggeworfen und nur halbherzig wieder aufgesammelt. So, als wäre sie niemals gedanklich von der Oberbaumbrücke in die blöde Siffspree gesprungen. Ja, hübsch wollte sie aussehen und glücklich. Das rauschend-rasende Scheißteil namens Personenzug war gütig und ersparte ihr diese Scharade. Der Gute.

Die Sippe würde wartend auf dem Bahnsteig stehen, im Nieselregen verharrend, sich über das Wetter und die Unzuverlässigkeit der Deutschen Bahn auslassend. Man würde auf das baldige Einkehren in die heimische, eigens kreierte Bar hoffen. Fix die eigenen Wurzeln erträglich saufen, gemeinsam über Nachbarn, unfähige Arschlochpresswurstpolitiker, fette Arbeitskollegen und die missratene Brut schimpfen. Schön eingehüllt in steigenden Pegel und wohlvertraute Abscheu, seiner beschissenen Verwandtschaft gegenüber, fühlt sich jeder dieser gesichtslosen und gedankenlosen Versuchsmenschen wohl und sicher.

Das würde man wohl so handhaben, routiniert wie eh und je, würde der Besuch aus der Hauptstadt endlich eintreffen und wären ihre hübsch, angespannten Gliedmaßen nicht auf dem Weg, in die heimische Hölle, verstreut worden.

Es bleiben kalte Füße, ein Besuch von der RTL-Mischpoke, neugierige, schlecht spielende Nachbarn, viele kleine Aufmerksamkeiten, eine Schlagzeile in der BILD, eine Menge Aufwand, eine viel zu teure Beerdigung und neuer Stoff für sedierte Familienmeckereien.

»Wäre das dumme Mädchen doch nur nicht in den Großstadtmoloch zu den ganzen schlechten Menschen gezogen, dann, ja, dann wäre alles gut gegangen.«

Mutsch

Die dunkelgrüne und zerwetzte Kuscheldecke lag immer auf ihrem Schoß, wenn sie, von der Arbeit geschafft und müde zuhause auf dem Sofa saß.
Jeden Abend kochte ich Tee und schmierte Brote.
Jeden Abend bedankte sie sich mit einem Kuss und ließ mich wissen, wie stolz sie auf »ihr so selbstständiges Kind« war.
Jeden Abend um 18 Uhr saßen wir nebeneinander, glotzten blöde Soaps, aßen unsere Butterbrote und amüsierten uns über die grauenhaften Schauspieler, die da über den Bildschirm flimmerten.

Oft erinnere ich mich an diese Stunden, an ihr wunderschönes Profil, ihre liebevollen Streicheleinheiten und ihr glockenhelles Lachen. Heute bin ich fast 30 Jahre alt, so alt, wie sie es damals war, als ich jeden Abend ihr Haar befühlte und eigentlich gar nicht so selbstständig war. Ich wollte neben meiner Mama einschlafen, ihre Hand halten und ihren Geschichten von der Liebe lauschen. Geschichten vom Lieben, Hoffen und Verlieren.

Von motorradfahrenden Märchenprinzen, von bärtigen Küsschen, davon, dass das Warten durchaus lohnt und, dass Menschen sich so manches Mal irren können und daraus dennoch was Wunderschönes entstehen kann.
Sie nannte mich immer Tausendschön.

Und heute?

Heute liege ich allein, hülle mich in eine blaue Kuscheldecke, glotze blöde Soaps und wünsche mir, meine Mutter würde lachend neben mir sitzen.

Und manchmal, wenn wieder einmal das Telefon schweigt, die Decke nicht zu wärmen weiß und die blöden Schauspieler nicht einmal mehr als Witzfiguren zu funktionieren scheinen, dann wünsche ich mir, dass ich wieder acht Jahre alt wäre und einfach zu ihr ins Bett kriechen und ihren Geschichten lauschen könnte. Warme Füße, warme Stimme und eine schützende Kuppel aus wahren Worten und echtem Gefühl.

Drei und Tausend

Und dann gibt es Tage, da wünsche ich mir, dass es mich drei Mal gäbe. So könnte ich die Leichtigkeit des Verliebtseins fühlen, ein wenig von dem Hauch des süßen Honigs kosten, leicht wie eine Feder sein und luftig wie ein durchsichtiges Sommerkleid. Um nackte Frauenschenkel würde ich mich schmiegen, das Kitzeln auf den verliebten Mündern sein und nur kurz in den verschwitzten Träumen auftauchen.

Ich könnte auch die schwere Liebe sein. So wie eine große Sahnetorte würde ich in die Hüften greifen, wohlig und schwer im Magen liegen, ein wenig Sorgen bereiten und dennoch schwer, süß und ein wenig bitter, jeden Morgen neben dem wahren Gefühl aufwachen und die warme Herzensbrust küssen.

Ich könnte Kaffee kochen, die Zeitung reichen, die Stirn küssen und mich auf den Schoß des Angebeteten setzen. Ich, die schwere Liebe und vielleicht würde ich ihm ein wenig zu schwer und vielleicht würde er dennoch jeden Abend Freude an den blauen Flecken, auf seinen Schenkeln empfinden.

Ich könnte aber auch lieblos sein. Auf kahlen, grauen Wegen wandern, Spiegelbilder, fremde Gesichter und Landschaften ignorieren oder bestenfalls als egal empfinden. Keine Schwere, keine Leichtigkeit, keine Süße und keinen klebrigen Mund.

Vielleicht könnte ich aber auch Tausende sein und jede Minute ein bisschen neu.

Allein

Muschi war eigentlich nie allein. Immer war da jemand. Mama, Schulkameraden, der große Bruder, die kleine dauerkranke Schwester, der betrunkene Nachbar oder aber kurzweilige Mitternachtsfreunde. Immer war da jemand. In diesem Moment, in dieser Sekunde, an diesem Tag war da niemand. Mama war zuhause und umhegte das kranke Schwesterlein. Der große Bruder war gerade auf dem Weg zu seiner Liebsten und entging haarscharf einem Autounfall, als er die Gedanken zu dem Ring in seiner Tasche und dem vielleicht Ja-Sagen seiner Angebeteten schweifen ließ. Die verhassten und degenerierten Schulkameraden betranken sich gerade und unternahmen klägliche Versuche, ihre Genitalien an und ineinander zu reiben. Der betrunkene Nachbar erstickte gerade an seinem Erbrochenen und würde mehrere Wochen auf seinem Klappsofa liegen, bevor jemand auf die Idee kommen würde, diesem seltsamen Geruch nachzugehen.

Muschi war allein. Sie lag dort, in diesem Bett und war umringt von Ärzten, Schnipplern und Krankenschwestern. Sie atmete Luft, die sie an Omas Vanillepudding erinnerte und zählte von 100 bis 1. Wobei sie wohl schon an der 97 scheiterte. Vor einigen Wochen war Muschi noch zweisam. So eine Zweisamkeit, die in Mögen, Berühren, Miteinander sprechen und Lachen gipfelte. So eine Zweisamkeit, die die beiden Weltenbummler köcheln ließ. Blut, Sperma und Old-School-Drogen auf Omas Löffeln. Schnell wurde aus der Zweisamkeit etwas Dreisames. Noch schneller war sie wieder allein und angefüllt. Gefüllt mit blöden Herzschmerzen, tauben Beinen, nassen Augen, Suchtgedanken und Übelkeiten.

Es gab Kotze und Galle zum Frühstück und keine Küsse mehr zur Nacht. Omas Löffel wurden verbannt und die Titten größer. Muschi war leider gar nicht mehr allein. In ihrem entliebten Leib hauste ein Überbleibsel. Der blöde Weltmann hatte etwas in sie gepflanzt. Etwas, fern von Christiane F-Geschichtchen und Liebeskummerscheiße. Einen walnussgroßen Menschen. Muschi wollte allein sein. Und da liegt sie, zwischen all den Maskenträgern, Spritzenschwingern und Erlösern und sehnt sich nach Vanillepudding. Keiner wird sie besuchen kommen, keiner wird die Hand halten. Macht aber nix, sie hat ja sich und ihre Träumereien.

100, 99, 98 ...

Schön

Schön biste, schön, schön, schön.
Bleib so!
Gestern, heute, morgen.
Komisch sieht sie aus, so Babyspeck und Pickelchen, igitt.
Schön ist der aber nicht, so dürr und haarig, igitt.
Muss die denn so rumrennen?
So faltig und alt, das muss heutzutage doch nicht mehr sein.
Guck dir mal diese festgezurrte Visage an, dermaßen verunstaltet, kann die das nicht lassen?
Ist ja widerlich.

Schwabbelpo, Hängebrüste, magersüchtige Irre, glattgebügeltes Gesicht, Schlauchbootfresse, Diät muss sein, Mitte 20, Ende 50, roter Teppich, Aldi und Familienfeiern. Zu bärtig, zu dünn, zu muskulös, bestimmt gefärbt, hakennasig, alt, alt, alt. Die sah ja auch schon besser aus, ganz schön verlebt, da gibt's andere, die haben sich besser gehalten. Es wird genickt, mit dem Finger gezeigt, sich besser gefühlt und die Angst vor dem, was die Schönheit zu töten scheint, ausgeblendet oder gefressen. Macht ja nicht dick, so ein Glück. Und dann knipst man den Fernseher, den PC und die Umwelt aus, stellt sich vor den Spiegel und schämt sich.

Für die sich ankündigenden Fältchen?
Die dellige Haut?
Die Pickelchen?
Das spröde Haar?

Womöglich aber auch dafür, dass man diesem verhassten Scheiß auf den Leim gegangen ist. Dafür, dass man befürchtet selbst verlacht zu werden, dafür, dass man altert und bangt. Vielleicht aber auch für das verzerrte Selbstbild, die Fremdstoffe in Körper, Gesicht und Hirn.

»Ich will doch nur einmal schön sein.«

Schwierig

Du bist ein schwieriges Thema und mir zu sehr aus Zucker und Schnaps gemacht. Rote Locken wippen und rahmen ein nickendes Gesichtchen ein, das auf einen bösartig schönen Körper geschraubt ist. Sie liegt breitbeinig auf der Rückbank meines alten Vans und schert sich nicht im Geringsten darum, dass sie aussieht wie eine bockige Göre, der zufällig Riesentitten gewachsen sind.

»ʼS mir doch egal«, nuschelt sie, schüttet sich einen großen Schluck Dosenwhiskey in den fein umrandeten Mund und rülpst in die Leere.

An Zucker wirste fett und an Schnaps süchtig, das sind bösartige kleine Lebensfreuden, die dich aussaugen, wenn du nicht aufpasst. Kennste ja.

Ist ihr auch egal. Ebenfalls scheint es nicht weiter wichtig zu sein, dass man ihr bis ins Zentrum der roten Scham gucken kann.

»Applaus der Zuckermuschi, guck doch!«

»Wen jucktʼs, wenn sie es nicht tut, hm?«

Sie reicht mir den Whiskeyrest, ich nehme dankend an und versuche einen Hauch ihres Speichels aufzunehmen. Zucker und Schnaps, rot, desinteressiert und fickbar, weil eben wahr. Ein gutes Weib. Ich glaube, ich liebe sie. So richtig, wie es die Erwachsenen tun.

»Eigentlich bist du ein verblendetes Arschloch, mein Guter. Würde ich nicht mit dieser Blasfresse und diesen Titten rumlaufen, dürfte ich wohl kaum deine Vorräte saufen, dir ins Auto pissen und mich benehmen, wie die letzte Sau. Was man nicht alles tut, um was Schönes zu ficken, hm?«

»Armes Würstchen!«

Sie kommt in Fahrt, zieht sich aus, streckt sich auf den siffigen Polstern aus und zündet sich eine Zigarette an. Schön und makellos erscheint sie, während sich hässliche Tiraden den Weg aus ihrem Zuckermund bahnen. Sie erzählt von impotenten Männern, abgehalfterten Nutten, ihrem Vater, der glücklicherweise elend krepiert ist. Davon, dass sie ihre Mutter aus dem Fenster stoßen wollte, sie Männer irgendwie grundsätzlich verachtet und davon, dass jede sexuelle Regung einer preisverdächtigen und unvorstellbar anstrengenden Theatervorstellung gleichen würde.

'S mir doch egal, denke ich so bei mir, nehme ebenfalls an Fahrt auf und beschleunige die Karre, die unsere Leiber ganz lautlos durch die Straßen fliegen lässt.

Der Feuerkopf wird umso lauter, kreischt, würgt und spuckt um sich. Ich glaube, ich liebe sie. Und während sie in Wut und Hass aufgeht, sich erleichtert, offenbart, dass das Leben ihr nicht wirklich lebenswert erscheint und sie davon träumt hässlich und unansehnlich zu sein, lösche ich das Licht.
Ich liebe sie.

Öl und Musik

Ich war schon immer frei und 40 Jahre alt. Ich war auch schon immer satt. Satt vom maßlosen Fressen, Saufen, Ficken und reden, ohne etwas zu sagen.

Schon immer habe ich gekotzt. In mein Kinderzimmer, ins Aquarium, ins Auto und aus dem Fenster. Letztlich in dein Gesicht. Mensch, du krankst an einem überzogenen Ego, einer hässlichen, festgezurrten Grimasse, die sich da Gesicht nennt. Kleidest deine Frauen in Anorexie und Kleiderbügel und deine Männer in Steroide und Klischeegelüste. Das haben wir alle inne.

Du hasst dich, willst stets ein Anderer oder etwas Anderes sein. Dürstest nach Erfolg, um noch schlechter und zugeknallter zu ficken und nach Macht um dein eigenes Sein ver- und erklären zu können. Nach Schönheit, weil es doch erfolgreich und mächtig macht. Willst geliebt werden von Menschen, die du eigentlich hasst.

Ich produziere mich, um zu beweisen, dass ich gar nicht so dumm bin, wie ich aussehe. Will beeindrucken, nachhaltig und stimmig sein. Will gefallen. Den Dummen, den Blinden, den Selbstgerechten, den Leeren. Denen, die keine 40 Jahre alten Achtjährigen verstehen und sehen können oder gar wollen. Ich verurteile alles, was ich an mir und dir beobachte, weil du auch so widerlich menschlich bist.

Du liebst und schreibst schöne Textchen darüber, weil du besitzen und aussaugen willst, bis dir die Liebe »so« gar nicht mehr gefällt und du begreifst, dass sie dir so nie gepasst hat und dir falsche Versprechungen gemacht wurden. Du hasst all diese Stilikonen der unseren Epoche, weil du dem nicht entsprichst, dich wehrst oder so was nur auf deinen Schwanz bekommst, wenn du dafür teuer bezahlst. Du plusterst dich auf, machst dich groß, ölst deine Muskeln ein und spielst dann mehr oder minder erfolgreich Gitarre, Bass oder Schlagzeug,

weil du die Musik »liebst«. Und das, was auf das Aufplustern, Einölen und Spielen folgt. Hohle Groupiematratzen, die gern mal einen schwitzig-käsig-mindertalentierten Schwanz lutschen wollen.
Applaus!
Wenn das kein Leben ist.

Du willst gemocht werden, kannst dich aber selbst nicht ausstehen, weil nicht viel bleibt, wenn du länger als zwei Sekunden in dich hinein schaust. Da wird es dann hässlich und ganz ohne Öl und Musik auf einmal verdammt leise.

Leuchtemann aus Hundeaugen

Der ist aber ein toller Mann, der leuchtet so.
Mir doch egal, ob das kitschig klingt. Kann sogar hässlich sein, da so im eigens konstruierten Museum zwischen all den Nebel und Gedankenschwaden.

Pervertiertes Gedankengut und Opern im Kopf. Ich seh mich dort nur liegen, als übergewichtige Hündin, träge die Augen ab und zu auf den rauchenden Mann richtend. Der mag das nicht, duldet mich dennoch, weil ich nichts erwarte, nur so da liege, ab und zu die Fresse durch Aspik-Rohfett-Aschefleisch wühle und sie sonst halte. Ich will nicht reden, nur heimlich in sein Bett, nicht sein Privatmuseum aufräumen und erst recht nicht seine Comicsammlung entsorgen.

Das hatte mal so eine versucht. Ist grandios gescheitert. Auch an dem dümmlichen Versuch, sein Leben umzukrempeln, ihm seinen Stil, bestehend aus speckiger Jeansweste, Kippe im Mundwinkel, Basecap und maßloser Kunstliebe auszutreiben. Mich mochte sie nicht, immer wenn er nicht hinsah, kniff sie mir ins Hüftfell, die blöde Sau. Ich hätte ihr in den Arsch beißen sollen, war aber immer zu faul. Nun ist sie verschwunden, die Comics sind noch da, seine Jeansweste auch und ich liege hier.

Der Typ hockt dort, zwischen Fenster, Bett und Instrumentalgedanken. Das Gesicht arbeitet, der Kopf rattert und die Finger fliegen über Tasten, Papier und geträumte Bühnen. Er verrenkt sich und bemerkt das gar nicht.

Ich liege hier und beobachte das Stück, das sich »Leuchtemensch lebt die 1000 Ideen« nennt. Ich könnte mich erheben, kurz an seiner kreativen Hüfte schnuppern, ihm über das verschwitzte, arbeitsgeile Gesicht lecken und Ignoranz oder eine verbale Schelle kassieren.
Trau ich mich aber nicht.

Wie das wohl wäre, würde ich mich in eine große, schöne und kluge Frau verwandeln? Just in diesem Moment aus Fell, Tran und Knochenlust zu einem gewitzten Tittenmenschen werden, sich erheben und durch das Museum schweben. Inspirieren, gut aussehen, nur antreibende Dinge vermitteln und ihm ab und an geistesgegenwärtig durch die Gedanken huschen.
Das wäre nix.
Der Speckwestenmensch will allein sein.

Komponieren, sich verlieren, Stücke schreiben, Bühnen schaffen und zwischendurch frische Luft atmen. Ich will keine Frau sein, ich will nur hier liegen.

Manchmal, wenn er fort ist, die Tür zu seinem Zimmer nicht richtig geschlossen hat und keiner es bemerkt, trotte ich in sein Reich, schaue mich um und lege mich in sein Bett.
Ich bilde mir – blöd und simpel, wie ich bin – ein, dass meine Sabberspur auf seinem Kopfkissen magische Kräfte hätte und ihm schöne Ideen in den Kopf zaubern würde.
Hundesabberdrogen oder so. Funktioniert gut in meiner Rohfleischhundewelt.

Irgendwann wird einer ein Foto machen und dann wandere ich in irgendeine Ecke seiner Lebensausstellung. Die dicke und faule Hündin, die da immer lag und sich kaum bewegte.
Hündin müsste man sein, die wollte eh nur fressen, kacken und pennen, sonst hatte die ja keine Sorgen.

LSD-Lucy und die blöde Liebe

»Du siehst aus wie Pippi Langstrumpf, hör auf zu reden!«
Lucy erträumte sich Gleise aus Zucker und Lakritz und wollte auf Zuckerwattewolken fliegen.

Seine Wolken wären blau und ihre rosa, für ihn wäre sie kurz in dieser Mann-Frau-Traumnummer untergetaucht.
Schweigen.
Er greift in ihre feuerroten Zöpfe, zwirbelt sie und lächelt sie aus Saugnapfaugen an. Der wird wahnsinnig, das sieht man doch.
»Ich wollte es nicht alleine nehmen aber du sagst doch immer, dass dieses Zeug schlecht ist, also habe ich dafür gesorgt, dass es keinem was Böses tut.«

Vor einer Stunde haben die Beiden versucht, dieses blöde Zeug an die Punks aus dem hauseigenen Proberaum zu verticken.
Nix.
Die Jungs hatten gerade noch ein paar Groschen für Sternie und F6. Besser ist das. Das Höchste der Gefühle war der klägliche Versuch, einer blinden und zuckerkranken Peggy etwas von den giftgrünen Träumchenlöschblättern anzudrehen.

Lucy schämt sich, liebt den Saugnapfjungen auf einmal gar nicht mehr und empfindet den von dunkelblonden Locken umrahmten Kopf als zu klein und leer. Auf einmal ist das so.

Er trägt einen schwarzen Kunstfellmantel, ausgeblichene Jeans, zerfetzte Turnschuhe und platziert in ganz freien Momenten eine rosa Sternchenbrille auf seiner wunderschönen, langen Nase. Ihre Regenbogenfüße wollen aufspringen, sie weit weg bringen. Weg von dieser grundfalschen, dauerdröhnigen Illusion. Er studiert Jura, schenkt den Professionellen an der Oranienburger geklaute Rosen, trinkt zwei Flaschen Rotwein wie nix, trägt ihre Röcke, schläft im Hausflur ein, spielt Geige, während sie sich in seiner Badewanne windet, fährt bei -10 Grad mit dem Klappfahrrad

15 Kilometer, um mit ihr Schokolade zu essen. Schläft mit ihr, nennt sie Christiane und sich Detlef, färbt ihr Haar rot und rasiert seines ab. Er sitzt im Frühsommer mit ihr im Garten und sammelt Schnecken, zerschlägt Fensterscheiben für sie, dreht sich so wild im Kreis und liebt so maßlos, dass diese ganze Liebesgeschichte zu einem Taumel aus Kotzen, Küssen, Fallen, Schreien und viel zu lauter Musik mutiert.

Vielleicht hätte Lucy ihm früher die Sternchenbrille abnehmen und ihre Zöpfe öffnen sollen. Zwischen Tresor, Pilztrips, Woodstock, großen Sprüngen und dem falschen Bild von der Liebe und der Freiheit hatte man sich aus den Augen verloren, ganz ohne sich festzusaugen.

Lucy trägt ganz selten noch ihre Regenbogenstrümpfe und tanzt durch die Großstadt. Ausschau nach Sternchenbrille und Uraltfahrrad haltend.

Madame Glubsch bemalt Klowände

»Wie groß sind deine Titten?«
Madame Glubsch zuckt zusammen, spuckt ein wenig Rum auf die Hose des fragenden Ungetüms und antwortet ihm geistesgegenwärtig. Zwischen lauter Musik, Rauschschwaden und Notgeilheit flattert dem Mann ein »80C und wie groß ist dein Schwanz?« entgegen.

»17 lang, fünf dick.« Ausreichender Durchschnitt. Ob man das von seinem Verstand behaupten kann, ist fraglich.

Die Madame mustert die bebrillte Fremdfresse und versucht festzustellen, ob es lohnenswert wäre, diese mal in ihren Schoß zu pressen. Sieht eigentlich nicht danach aus, obschon er hübsche Falten hat und eine Brille trägt. Für brillentragende Verbalentgleisungen hatte sie ja schon immer was übrig. Der Brillenschwanz ordert eine neue Runde rum, spuckt sich in die Hände und rubbelt den Spuckfleck aus seiner Hose. »Hab dich mal nicht so, Perle, du musst viel entspannter werden, dir fehlt 'n Fick und noch ein Schluck!«

Die Madame blickt in ihren Ausschnitt, schiebt sich ihre Hände zwischen die Titten, streckt der fetten Barfrau die Zunge raus, leert die georderten Drinks in wenigen Zügen und nimmt den Schwanz an die Hand, um ihn wissen zu lassen, ihn auf dem Klo in die Hand zu nehmen. Er grinst blöde triumphierend.

Die Madame war ungern Gast in diesem Club. Nur notgeile Fotzen, wenig Austausch und schlecht dosierte Drinks. Hier wird sie nicht mehr einkehren, nein.

Das Klo ist groß, geräumig und einladend. Bunt beklebt reichen die Wandworte von »deine Mutter fickt tote Tiere« über »Nadja und Mumu waren hier« bis hin zu »Stefan, ick liebe dich«. Ihr dämmert, dass etwas rote Wandfarbe das Ganze wahnsinnig aufwerten würde. Der Typ lehnt sich ans

Waschbecken, nimmt seine Brille ab und lockt sie mittels offener Hose und steifem Schwanz in seine Richtung.

Das sind niemals die versprochenen 17x5! Dieser Wichser! So ohne Brille sieht er sogar noch dümmer aus, als er zu sein scheint. Die Madame lächelt ihm zu, küsst seine faltige Stirn und geht elegant in die Knie. Es riecht und schmeckt chemisch, restwürzig und schwitzig. Es erinnert sie an fast vergessene Nächte und Ekelüberdosierungen. Der Typ war eine Frechheit. Viel zu alt, viel zu dreist und ja, viel zu verlogen. Die Madame wird wütend, schaut auf in sein verzücktes Gesicht.

Die Wut wird zur Raserei. Er verkrampft, bäumt sich auf, realisiert nicht, woher diese rote Farbe auf einmal kommt. Sie spuckt ihm seine Suppe ins Gesicht und verteilt Reste seiner 17x 5 Lüge auf der Klowand. Hübsch sieht das aus. Verzückt betrachtet sie ihr Werk, beobachtet, wie er wimmernd zusammenbricht. Sie hoffte, er würde schreien, aber nix da.

Sie wischt sich halbherzig den Mund sauber, lässt die Eroberung liegen und tänzelt aus dem stickigen Clubdickicht hinaus an die frische Luft. Nein, hier wird sie nicht mehr einkehren, es fehlte einfach an Lust und Farbe.

Stoffente trifft »fette« Katze

Eine Lovestory!

Ewig wach, ewig schlafend, durch ein Meer aus Tomatensoße und Pizzaresten watend. Das Konservendosenzimmer auf 40 Grad hochgeheizt, schwitzend, sabbernd und einsam.
Sterbehilfe aus Billigwodka.

Kruder& Dorfmeister machen speechless im Remix, Remix, Remix.
Repeat!?
Vor und zurück?
Youporn flimmert und ich sehe meine Nachbarin vögeln. Ich stecke ihr gedanklich alle meine Stifte und Gedanken in den schön ausgeleuchteten Arsch.

Youtube, ich sehe abgehalfterte Quotenmännchen diverse Cremes und Duftwässerchen anpreisen. Will deren Gesicht mit meinem Auswurf düngen, dafür könnten die doch mal werben.

Facebook, überall Homemuschis, die Gurken fressen, dicke Ärsche, Pädotitten und dusseliges Gewäsch a la »Meine Muschi ist ganz rosa, wenn du auch eine rosa Muschi hast, dann poste das, sonst wird sie kackbraun«.

Mein Spiegelbild, pfui. Man kann´s auch übertreiben!

Denke an meine Popstar-Model-Rockermatratzen-Freunde und bohre mit einem angespitzten Minischraubenzieher in meinen Wunden. Netzstrümpfe auf bläulicher Haut. Ich friere und schwitze, tanze und falle, treibe und lalle. Die sind alle reichlich sexy und wahnsinnig bumsbare Alkis. Hübsch, die wollen saufen, äh, tanzen gehen.

Ja, lass mal Schnaps und Pülverchen besorgen, lass mal reden und zeigen wer, was und vor allem wo wir sind.

Drüben sitzt so ein Typ mit Geheimratsecken und milchigen Augen, der stiert mir geradewegs ins Gesicht und faselt was von kleinen Stoffenten, seiner Liebe zu fetten Katzen und

Mundknebeln. Ich sollte das Licht ausknipsen, seins und meins. Der quält sich doch bloß noch. Vielleicht sollte ich ihn Thorben taufen, ihm die Haare schön machen und ihn mit einer meiner bumsbaren Alki-Model-Fickfreundinnen verkuppeln.

Stoffente trifft »fette« Katze.
Eine Lovestory!

Stückchen

Du verlierst einen Menschen, die Liebe und ein kleines Stück von dir. Und es regnet. Vorwürfe, Anklagen, Sticheleien und niederschlagende Wortlosigkeiten. Sag doch mal, hast du was gelernt? Dass Regen die Erde durchtränkt? Dass die Liebe doch irgendwann vergeht? Dass die vertrauten Stimmen und Gesichter, mit der Zeit doch nur fremd und unangenehm werden?

Und da stehst du, betrachtest deine Lieben und beobachtest ihren steten Rückzug. Jeder wird mit seiner Trauer und seinen Verlusten auf seine Art fertig. Sich verstecken, verrenken, ablenken, das Band der Erinnerungen zerschneiden, weinen, lachen, immer wieder fragen und doch hoffen. Den toten Vater kannst du nicht mehr anrufen, die verschwundene Freundin nicht mehr küssen, den hübschen Jungen, den du doch einst so liebtest, nicht mehr umarmen. Ein halbes Leben, einen Sommer oder auch nur eine Nacht lang gefühlt, gelebt, geliebt und geahnt, dass es morgen doch schon vorbei sein kann. Geflügelte Momente, die nur kurz und kaum merklich dein Gesicht streicheln und stumm entschwinden.

Und tags darauf geben dir vielleicht schon die neue Liebe, die Beständigkeit und das neue Herzzuhause die Hand, lächeln dir aufrichtig ins Gesicht und kitten Erinnerungen und Hoffnungen.

Vielleicht sogar heute schon, warum auch nicht?

Mechthild und die Windmühle

Die dicke Mechthild mag ihr enormen Brüste und den Umstand, dass der große Jüngling ihre runden Hüften befingert. Sie fühlt den Brand der Sonne, den Sturm, die grauen Wolken. Pappe im Mund, erwartet sie Erregung, das Frühstück danach, feuchte Augen und dass der nackte Leib neben ihr sich doch noch einmal umdrehen möge.

Mechthild kann nicht anders, als sich hinzugeben, zeichnet vorerst gedanklich Gemälde universaler Liebe auf seinen Rücken, lebt dieses Gefühl und schlägt ihm ihre Fingernägel in den zuckenden Leib. Er weiß nicht, dass sie in ihm wühlen möchte. Ihn mit ihren Brüsten erschlagen und ihm Handschellen anlegen will. Er genießt, schreit und windet sich. Sie möchte ihm Teile seines Hirns, des Herzens und des Schwanzes stehlen, braten und genießen.
Hohe Liebeskunst fühlen und schmecken wollen.
Lust auf zerstörte Jungfräulichkeiten und glänzende Waffen.

Die Sonne geht auf und sie ist immer noch da, bleibt, kniet, bettelt. Sie kann nicht anders, will es nicht anders, hat es doch nie gelernt. Lachen, glücklich machen, innehalten, ins Unermessliche träumen, sich gottgleich fühlen, im Zirkel der Philosophie wandeln, Hochprozentiges in den Bauch pumpen, zucken, tanzen. Orgiastisch und groß, wird sie nur Sekunden später ganz still und klein. Könnte in den Armen der Windmühle, gegen die sie da kämpft, einschlafen. Die dicke, große Mechthild besinnt sich auf Muttis Worte »Mechthild, das macht man nicht!« Man sollte ihr auf die blutigen Finger schlagen!

Aber nein, Mechthild macht den Jüngling zur Passion, leckt kurz an ihm, nimmt ein Teil oder auch zwei mit und widmet ihm ein Kapitel, das sich da »Kannibale und Liebe« nennt. Später wird sie ihn dann essen.

Tobend ich

Gehüllt in einen Mantel aus Erinnerungen, naiven Träumen, eigenen Idealen, Wünschen und Ängsten, wird durch jede S- und U-Bahn, durch jeden Club, über jede Bühne, durch jede Weltstadt und jedes Herz getobt.

Gut ausgestattet taucht man zwischen rosaroten, schneeweißen und dunkelbraunen Schenkeln ab und wieder auf, verlebt sich nur kurz in den Fängen der bunten Damen, klebt sich eine neue Paillette auf den Lebensmantel und zieht weiter. Bühnenerfahrungen, gratis Drogen, Gästelistenplätze, Inspirationen und Ideen sammelnd.

Es wird getobt. Einsam mit dem braunen Schnaps und der Hand in der Hose. Zweisam miteinander durch Küche, Bad, Bett und romantische, halb blöde, viel zu schnell sterbende Pläne. Dreisam umeinander, darauf hoffend, dass Herz, Schwanz und Bett groß genug sein mögen. In Vierer, Fünfer und Dutzendkonstellationen. Durch die Bars, Getränkekarten und Katerkrampfgeschichten.

Leer und ausgetobt findet man sich in einer lebenslangen Minute wieder, starrt dem schmatzenden Mann gegenüber auf seine grauen Hände, betrachtet die eigenen und fragt sich, wann man endlich mit der Rauferei fertig wäre. Kurz werden die Blessuren betrachtet, die blauen Flecken, die Narben und Altlasten gestreichelt. Der Kragen des schweren Mantels wird hochgeschlagen. Hustend, trinkend, rauchend, gierig und suchend geht's weiter. Neue und alte Spielkameraden suchen, sich auskosten, leben und kotzen.

Und wenn der Mond am größten ist und glutrot leuchtet, dann bleibt der tobende Mensch kurz stehen, holt das Herz aus der Hosentasche und überlegt, ob es nicht an der Zeit wäre, nur noch mit sich zu ringen.
Morgen dann.
Vielleicht.

Arschlochpumpe Herbstherz

Eingerieben mit Restspeed, Billigbier und ätherischen Ölen. Da tuckert das Menschending so in der Brust vor sich hin, hüpft dann und wann ein wenig wilder, will haben, haben, haben und schmeißt sich wie ein bockiges Kind vor dem Süßigkeitenregal zu Boden, um zu strampeln und zu kreischen. Arschlochpumpenscheißherz, halt mal die Fresse!

Kann man dieses Teil nicht mal erziehen?
Was will das schon?
Pumpen und pochen sollte doch genügen.
Nö, da fehlt noch was.

Musik! Oralsex! Sahne oben drauf!
Mach jetzt und schneller!
Gib! Mach! Jetzt!

Und bist du nicht willig, so quittiere ich den Dienst, das haste nun davon, Lebemensch.

Und jeden Morgen wachst du, ja genau du, auf stellst das Geschrei auf lautlos, ziehst dich an, gehst zur Arbeit oder zu nächsten Liebelei, hörst laute Musik, säufst, pisst und kackst und vergisst zuzuhören.

Arschlochpumpe, halt's Maul!

Tütensuppe, Einwegmucke, die Eltern besuchen, in verrauchten Clubs und Bars ein Stückchen Leben verpennen, dicke Dinger, Hängehaut und Ebenleben. Funktioniert doch und noch und den Ausknopf will und soll eh keine Sau bedienen.

Doch und noch und leider so gar nicht.

Das Schlagen und der Brustbass machen die Melodie und über kurz oder lang wird nach diesem Takt getanzt. Dann reißt du dir die sorgfältig gebastelte Alltagsmaske vom Gesicht, drehst deinem Chef eine Nase, klärst ihn auf, dass nur du dir Befehle geben kannst und realisierst, dass laute Musik und echte Liebe irgendwie doch klargehen.

Arschlochpumpe Herbstherz.

Die Blätter fallen, der Groschen sowieso und zum Frühstück gibt's Bier, Oralsex mit Sahne drauf und ein gar nicht so arschlochiges Herz, das Freudentänze aufführt.

Ein gutes Leben führst du da.

...

Schöne Stunden, Tage und Wochen. Im Bett wohnen, den Pizzalieferanten reich und den Bauch etwas zu weich machen.

Das macht nichts, Liebste, ich liebe jedes Gramm an dir.

Zusammen das große Wir sein, neue Facetten entdecken, endlich jemanden an seiner Seite wissen, den man erträgt, manchmal sogar besser als sich selbst. Ein wenig konstruierte Komplettierung aber irgendwie unangestrengt.

Sex. Viel, spontan, laut und oftmals lachend.

Entdeckungstouren, die Ihresgleichen suchen und davon überzeugt sein, dass man anders ist und dieses Liebesding ganz bestimmt niemals enden wird. Erstmals über Kinder nachdenken, sich vielleicht sogar ganz spießig einen Ring am Finger wünschen, nur für sich und das süßliche Wir.

Die große Bettdecke wird über die Körper und Watteköpfe der Liebenden gezogen, man umarmt sich, verkeilt sich ineinander und ist nicht gewillt, sich loszulassen.

Vor den Freunden und Fremden so tun, als wäre das nichts Besonderes, im Inneren aber jeden verdammten Morgen aufwachen und hoffen, dass dieses eben doch so Besondere, nicht auf einmal bröckelt, stirbt und sich auflöst.

Tausendfach wurde das doch beobachtet.

Mama, Papa, die Nachbarn, die besten Freunde, die Typen aus dem Fernsehen. Die haben sich bestimmt auch mal in Decken gehüllt und waren überzeugt, von den Entdeckungen und gemalten Herzchen auf Hintern, Hirn und Herz.

Die große Furcht, die rosarote Brille nicht mehr in all dem Alltagsgewühl zu finden. Die große Furcht, dass Liebe ja eh nur Hollywood und Biochemie ist. Klischees könnten erfüllt werden.

Sie will wachsen, Neues ausprobieren, vielleicht doch nur

allein unter der Bettdecke liegen. Er ist der weichen Frauenhaut überdrüssig, wollte vielleicht gar keine Kinder und erkennt in der klassischen Sekretärin, das neue Herzensweib, eben weil es neu ist.

Dann sitzt man plötzlich allein im Schaukelstuhl, strickt Socken und kocht den Lieblingstee für die vergangene Liebe, die nur noch in Erinnerungen lacht. Der Mund bleibt ungeküsst und man denkt angestrengt an den weichen Bauch und die wunden Seelen zurück.

Die Angst droht zu fressen, stattdessen liegt aber die Liebe neben dir, streichelt den Bauch, steckt dir ein Stück Pizza in den Mund, küsst deine Stirn und malt kleine Zukunftsträume an die Wände, die euch umgeben.

Man wird ja wohl noch träumen dürfen.

Kaufen, saufen, rennen, flennen

Hoffnung auf die große Dümmerwerdung. Angetrieben von Wochenblättern, abgepackter und frittierter Müllkuh, Plastiknägeln-Brüsten-Herzen-Schwänzen und Lieben. Neues Telefon, neues Inventar, neuer Bettfreund, neues Auto, neue Alte, neues Gesicht.

Leben, leben, leben.
Rennen, rennen, rennen.
Tätowieren, piercen, trinken, künsteln und hoffen, hoffen, hoffen.

Schimpfen auf die Regierung, die Nachbarn, die Bälger, die Jugend, die Alten, die Anderen, das Spiegelbild, den zu regen oder gar nicht vorhandenen Verkehr. Furcht vor Faltenstreuung, eventueller Weisheit, dem nicht mehr fickbar sein, der ausbleibenden Erektion und dem täglichen Aufwachen. Noch einen drauf, noch nen Euro, die Alte vom besten Freund ficken, sich nicht mehr schämen, nur für die anderen und die ekligen Nutten am Straßenrand.

Sich entschuldigen für´s Unvermögen und Nichts. Dümmerwerdung, Dünnerwerdung, Chicken Wings, Coke light und Leid.

Kinderlied

Ein gar nicht so neues Märchen. Nein, ein ganz altes und verstecktes »Kinderlied«.

Ich lese heimlich Alfons Zitterbacke unter der Bettdecke, den fand ich schon immer scharf. Mama hat eine Dauerwelle, die ist blond gesträhnt, sieht aus wie ein Möchtegern-Afro oder eine frustrierte Vorstadthausfrau.
Ich habe Mumps, liege auf der Rückbank des Wartburgs und flenne, was das Zeug hält. Nicht weil's so weh tut, und das tut es, sondern weil ich Aufmerksamkeit will. Die bekomme ich postwendend, indem sich der Frank aka Muttificker aka Kinderschläger zu mir umdreht und mich anschreit.

Frank ist ne Sau! Trägt einen Bürstenschnitt und so ein goldenes Kassengestell. Er langt nach hinten und klatscht mir eine. Er ist 'ne echte Sau. Wenn wir zuhause sind, werd' ich seine Goldfische umbringen.

Zuhause angekommen gibt es Zwieback und Kamillentee, ich möchte kotzen, denn ich hasse Zwieback, dieser aufgeweichte Pansch schmeckt furchtbar und fühlt sich dennoch wie ein Rasierklingen-Glassplitter-Cocktail im Rachen an. Ich will Gummibärchen und rosa Brause.
Bekomme ich aber nicht. Stattdessen bekomme ich eine Extravorstellung aus dem Stück »Wie verprügle ich eine zweifache Mutter und ficke ihr danach kräftig in den Hals.«. Danke Frank!

Den Mumps habe ich fast vergessen, effektive Methoden sind der Schlüssel. Franks Goldfische habe ich in Reih und Glied vor das Aquarium gelegt und beobachte, wie sie zucken und auf und nieder springen. Eine Symphonie aus orange-gelb-grüner Zappelei.

Darauf folgt ein Orchester. Laut und knallend saust der Gürtel auf meinen Rücken nieder. Ich bewege mich nicht, nein.

Warum auch?
Es tut nicht mehr weh, nicht der Rücken, nicht der Hals, nicht der Arsch. Mach doch, du weißt es ja nicht besser! Mama auch nicht, die braucht dich und deine »Liebe«. Ich könnte da gut und gern drauf verzichten.

Schlafenszeit, schließlich soll die kleine Tochter sich auskurieren, so krank, wie sie ist. Ja, Mama, du achtest wirklich gut auf mich.

Ich lese heimlich »Alfons Zitterbacke« unter der Bettdecke, den fand ich schon immer scharf. Frank bekommt das mit, weil er alle 30 Minuten nachschaut, ob auch ja geschlafen und nicht irgendein Pipifax angestellt wird.

Mist, erwischt. Das Buch ist futsch und mein rechtes Ohr jetzt irgendwie auch. Ich denke, ich werde morgen einfach neben der Kellertreppe warten, wenn Frank Kartoffeln holt.

Dann schreibe ich mein eigenes kindliches Lied darüber, wie eine große Kristallvase auf dem Kopf eines Franks zerschmettert und sich rote Friedensspritzer auf meinem achtjährigen Gesicht verteilen.

Ich bin ein glückliches Kind.

Bewegung

Man bewegt sich zwischen »Ich hab ʼnen Pickel und entdecke erste Falten« und dem Verdruss der Welt, ob der Unfähigkeit den Blick neu auszurichten.

Ich stehe vor dem Spiegel, im Hier und Jetzt und verzweifle an meinem knapp 30jährigen Kraterarsch, der Hakennase und den tiefer werdenden Lebenslinien, während Oma nebenan überlegt und bangt, wie über die Runden kommt, zahllose gesichtslose Menschen den Hungertod sterben, Frau Merkel die neuen Gesten studiert, irgendein schwanz- und gedankenloser Wirtschaftsvorstand den Lohn etlicher Fließbandleiber noch niedriger diskutiert.

Während ich an eventuellen Sinnkrisen und fehlendem Wirkungskreis einzugehen gedenke, lässt sich Madame-Kaballah-Madonna Ziegennachgeburt und Babyexkrement auf den gelifteten Arsch schmieren und werden irgendwo im Nirgendwo Kindersoldaten, fernab von X-Box und Playstation, ins Spiel geschickt.

Während ein 08/15-BILD-Phänomen a la Bumm-Bumm-Becker, Lothar Matthäus und einer der 35 Ochsenknechts irgendeine, jederzeit austauschbare Model-Beinspreiz-Titte bumst, um sie zum Staaar aka It-Girl zu machen, stehe ich vor und neben mir, beobachte meine Brüste beim Todeskampf mit der Schwerkraft und verschwende keinen Gedanken an leergefischte Meere, den davor kotzenden Überfluss und den wachsenden Müllberg vor meiner Haustür.

Ob ich mich schäme?

Wenn es gelingt, den Spiegel, die verschissen aufgedrückte Idealfigur, das 15-Minuten-Star-sein-wollen und die dusseligen Hochglanzmagazine inklusive sinnleerer Diskussionen über dürr und dick, groß und klein, trendy und out zu ignorieren, dann ganz sicher. Dann tutʼs weh, es wird der dauertrockene

Geist gegossen und nimmt überhand.

Und was bleibt?

Sich betrinken und das eigene Unvermögen ausblenden, sich blind und taub vögeln. Eigene Tomaten anbauen, sich unfähig fühlen, etwas Wirkliches zu wandeln. Sich dafür verabscheuen, dass man sich für Falten und Hängearsch schämen wird. Man könnte sich die Weltkarte auf den Hintern tätowieren lassen, ein Teil der Welt und der Veränderung und dessen Niedergangs werden. Das wäre einmal ehrlich.

Margo will sterben

Früher hatte Margo immer am Küchentisch gesessen, Kartoffeln gepellt und von Damals erzählt. Damals waren jene Jahre, in denen sie als junges Mädchen durch die Lande zog und sich durchschlug. Groß und stark wollte sie immer werden, vollmündig und reif. Doch schien dieser Traum immer ein wenig zu weit entfernt.

Während sie die noch dampfenden Kartoffeln mit flinken Fingern von der Haut erlöste, ergoss sie sich in Tausenden Worten, und ich lauschte dem Plätschern und prägte mir ihre fleißigen Hände ein. Von fremdem Ackergut erzählte sie, von wunden Händen und kaputtem Schuhwerk, davon, dass sie stahl, wie sonst keine. Eine Meisterdiebin wäre sie gewesen. Davon, dass sie den Hochsommer immer am liebsten hatte, weil sich die Taschen ihres Kittels dann immer besonders ausbeulten und reich gefüllt waren. Äpfel, Birnen, Pflaumen, Kirschen und alles, was die Bäume im Fremdbesitz so hergaben.

Früh lernte Margo, ihr Diebesgut zu verarbeiten. Kompott, Marmelade und allerlei Eingelegtes hätte man im heimischen Keller gefunden, hätte man nur danach gesucht. Aber Angst hatte sie. Angst, dass die Frau Mutter hungrig sein könnte, Angst, dass sich der lähmende Schmerz, des Verzichts, wieder wie ein unbarmherziger Schleier um sie und ihre Lieben legen könnte.

Nach ihrer Leibspeise gefragt, hieß es immer »Pellkartoffeln mit Quark!« Das würde sie an früher erinnern, an gute Tage, an Glückliches satt werden und an einen Kugelbauch, der so wunderschön und selten war. Und immer erzählte Margo neue Geschichten von Johannisbeermarmelade und dem Nachbarsjungen, der Johannes hieß und nach eben jener Marmelade schmeckte, als er sie das erste Mal küsste. Von Pferdekoppeln, bösen Tritten, kalten Nächten, kindlichen

Ängsten, leeren Taschen und der traurigen Frau Mutter.
Nach Stunden, Tagen, Monaten und Jahren sitzt Margo immer noch vor mir und pellt Kartoffeln. Ihre Hände sind langsamer geworden, fragiler, blass und durchscheinend.
Ihre Stimme leiser, ihr Kittel weiter und die Geschichten kürzer.
Ich brachte ihr Johannisbeermarmelade mit. »Selbst gekocht, liebste Margo!«
Ein tiefes Lächeln erfasste ihr Erzählergesicht. Sanft umfasste sie mit ihren weichen Händen mein Gesicht, hauchte mir einen zarten Kuss auf die Stirn und blieb wortlos. Als die erste Kartoffel in ihrer Hand lag, erzählte sie mir von ihrem Tag und ihrem restlichen Leben. Sie könne nicht mehr auf Bäume klettern, hätte nie wieder einen Johannes geküsst, würde sich mittlerweile nur noch vor Rolltreppen fürchten und nur noch Trauben im Supermarkt nebenan stibitzen. Groß und stark wäre sie nun geworden, oh ja. Und irgendwie, ja, irgendwie wären die Pellkartoffeln nur noch fade und der Bauch sowieso schon lange voll. Kein Johannes, keine Mutter, keine wirklichen Ängste mehr.
Sie verstaute die mitgebrachte Marmelade in meine Tasche, tätschelte meinen Arm und grinste mich an. »Ich habe alles gekostet, alles gefühlt und verstecke mich nur noch selten im Keller, ich bin satt.«
Und ich? Ich lausche, verstehe, verabschiede mich und stelle Margo, beim Gehen die Marmelade vor die Tür.
Ein letztes zuckergeküsstes Dankeschön zum Abschied.

Lebensziel: Ankommen

Und dann koche ich Marmelade für euch.

Eines Tages bin ich aufgewacht. Ich habe laut gegähnt, mir die müden Augen gerieben, meinen trockenen Mund gehalten mit lauwarmem Bier begossen und die Brille zurecht gerückt. Neben mir tänzelten schwitzende Mädchen, zugedröhnte Boys und kleckernde Cocktails. Die Musik fiepte, piepte und wummerte monoton durch meinen jahrelang schlafenden Kopf.

Schön ist das hier schon lange nicht mehr. Vor mehr als 10 Jahren habe ich mich hier platziert. Whiskey bestellt, Männer und Frauen abgeschleppt, Einen zu viel getrunken, eine Geschichte zu viel erzählt. Pornostars, Musiker, D-Prominenz, Schwuletten, gewünscht Bisexuelle, Models, Bauarbeiter, Künstler, Literaten, Callcenteragenten und Barpersonal berührt, zerwühlt und abgeleckt. Ich habe Kopfschmerzen, entlarve das Bier als Pisse, habe keine Zigaretten mehr und den Impuls, die tanzenden Erfahrungen allesamt abzuknallen. Wichtigtuer, Nullgesichter, Einsamkeiten, Geschlechtskrankheiten. Vollsuff und Burger, dann Detox, Saft und durch den Saupark joggen.

Ich will mein grasgrünes Klappfahrrad. Ich will meinen wilden Garten, der sich aus Kräutern, Wildblumen, Kartoffelfeldchen, Tomatenecke und Dschungel zusammenwürfelt.

Ich will mit der Liebe im Hinterhof schaukeln, die Hühner füttern und ab und an ein Frühstücksei. Ich will Gummistiefel tragen, mit dem Hund durch den Wald rennen und meinen Vollrausch selbst schaffen, indem ich Apfelwein alleine zaubere. Von Obstbäumen will ich fallen, Eimer will ich schleppen und wunde Hände vom Graben, Holz hacken und Leben bekommen.

Den Mann beim Holzhacken beobachten, Muskelspiele fern von Mc-Superfickifit erleben und ihm dann ein Zaubermahl aus Liebe und eigenem Leben kochen. Weißes Pulver nur noch zum Kuchen backen brauchen und für das Kilogramm zwei Euro bezahlen, ganz legal. Endlich erdige, schmutzige Hände, endlich strampelnd durch den Wald radeln, endlich frei.

Und es wummert nur noch das Herz, hier draußen.

Modelsuppe

Models auf dem Cover und dem Laufsteg. Schöne Mädchen mit bunten Haaren und strahlendem Lächeln auf sämtlichen Partyfotos, Cocktails, Blitzlicht, roter Teppich und ein wenig bauchfrei.

Bärtige Jungs mit hübschen, bunten Armen. Die tragen Adidas, die schönen Mädchen und Leben zur Schau. Ewig Mitte zwanzig, ewig Künstler, Model, Musiker, Literat und high gebumst.
Blitzlicht, Gala und Pro Sieben schreibt 'ne Mail.

Zuhause sitzt man dann, versteckt sich hinter Haaren und unter Bettdecken, hasst seinen Bauch, starrt ins leere Portemonnaie, fragt seine virtuellen Freunde, ob man schön genug ist, und wünscht sich in ein bearbeitetes Leben.

Ich lasse die Kamera laufen, reiße mir die Kleider vom Leib, wische mir die Farbe vom Gesicht und schreie hässlich und verzerrt in die Linse. Igitt, so sieht die also aus? Die hat Pickel, Falten, Angst und viel zu viele Fragen. Wie sieht die denn aus? Total verbraucht und irgendwie gar nicht mehr so schön. Weg damit!

Ewig Mitte zwanzig. Dem Gesicht, dem Lächeln und dem Wollen überdrüssig. Bunte Haare, kleines Mädchen, schöne Stimme, großes Talent. Die Nächste bitte und das Fließband stets im Blick.

Die Frage nach der Wahrheit stellt sich nicht und nebenbei spielt eine gesichtslose Frau Saxophon, hüllt dich in theatralische Töne und lässt dich wissen, dass nichts so ist, wie es scheint.

Stumpf

Aus verquollenen Augen die verschleierten Menschen betrachtend, fühlt sie sich mit Argwohn beobachtet ist man doch leichenblass, rotäugig und genießt seine befremdliche Musik viel zu laut.

Klägliche Versuche die Realität auszublenden.

Ich flüstere in Muttis eigens angefertigtes Glitzerbüchlein und betrachte die fremde Frau neben mir, sie knabbert geradezu hungrig an ihren schmutzigen Fingernägeln.

Man starrt einander für Stunden in die alten Augen.

»Ja, wir sehen so aus.«

Sollte man aufstehen, singen und tanzen? Dem, was sich Leben nennt, eine kurze eingängige Melodie vermachen? Man hätte dem Lärm der quietschgelben U-Bahn, der Menschen und dem, was da draußen lauert, einiges entgegenzusetzen.

Ich hole tief Luft, will meine Stimme erheben, reiße den schmutzigen Mund weit auf und bleibe stumm. Die Fremde schaut verblüfft auf mich, meinen Mund, die um uns verstreuten Menschen und auf ihre blutigen Finger.

Wurde sie ertappt?

Ertappte sie mich?

Sie ballt ihre Offenbarungen zu Fäusten, beißt sich auf die Unterlippe und zupft kleine Hautfetzen aus sich und ihrem Selbst.

Ich sollte ihr, mir, uns eine schneeweiße, unbefleckte Flöte schenken. Kein Zerfleischen mehr nur noch liebliche, helle Töne.

Bild einer Hungrigen

Das Mädchen leidet Hunger, ist hungrig seit Jahren, mit jedem Schritt, jedem Atemzug und jedem Wimpernschlag. Es will genährt und verzehrt werden, will sättigen, den eigenen Leib füllen und ihren runden Bauch liebkosen lassen. Sie geht gebeugt, mit hängenden Schultern und sich fehlender Nahrung bewusst durch ihr Leben und verhungert an dem fahlen Sonnenlicht.

Nur einen Happen bitte, eine kleine Spende, ein schwindendes Lächeln.

Sie bietet sich dar, will nähren und gekostet werden, dem hungrigen Gegenüber das geben, was ihr verwehrt bleibt. Gefühlsbuffet, Selbstbedienung, warme Hände, die sich dankend an ihr säubern und einen heißen Schnaps zum Abschied.
Hunger.
Nur ein wenig Liebe, ein wenig Zeit und Prisenworte.

So schleicht sie durch die Welt, fällt, säubert ihre Knie, sammelt sich auf und richtet sich wieder hübsch an. Das Auge isst mit, heißt es doch.

Das Mädchen nährt und verliert. Gewicht, sich, Ursprungsgedanken und dieses treibende Hungergefühl. Abends, wenn das Licht ausgeht, machen sich Herz, Kopf und Magen bemerkbar. Ganz leise und kaum spürbar. Nur ein kleines Ziehen hier und da und die Kleinmädchengewissheit, dass dieses wirre Wollen morgen schon gestorben sein könnte.

Und bricht dieser eine Morgen an, erkennt das Mädchen die Sonne nicht mehr, läuft raus ins Dunkel, sucht in der leeren Mitte, findet sich, greift an ihre Brust und ins Leere. Verzehrt, verstört, vergessen, gefressen.

Große Halbwahrheiten, kleine Lügen oder: das stumpfe Schweigen.

Schätzchen ist nicht zu dick, nein. Der Hintern ist kein Kratergebirge, der Müßiggang kein Problem und das Kleid ist schlicht zwei Nummern zu klein.

Der traurige Penis des noch traurigeren Mannes ist nicht zu klein und blass, nein. Der große Penis ist nur ein Schauermärchen der Pornoindustrie und ja, der Orgasmus war ganz echt. Nee, jugendlich-straffe Titten braucht es nicht und einen flachen Bauch auch nicht, das sind sowieso nur hochstilisierte Ideale von der Victoria und dem Hugh. Niemals würde ich so ein vollbusiges, dauerwilliges Geilteil besteigen wollen. Ich steh mehr auf Hängebrüste, haarig-graue Klatscheschenkel und Migräne.

Natürlich liebe ich dich für dein herzliches Wesen und deinen schönen Charakter. Ich liebe es, wenn du die Nachbarshunde als Viecher bezeichnest und nach ihnen trittst. Ich liebe es, dass Kinder nur Dreckstgören, Windelscheißer und Parasiten für dich sind. Ich liebe es, dass jeder Mensch dunkleren Teints eine dreckige Gastarbeiterpocke für dich ist. Du leuchtende Seele. Besonders liebe ich deine Titten, deinen Arsch, und dass du dich öffnest, wenn auch nur einen rosa Spalt breit.

Ja, ich will. Ein Leben lang, Treue, schlechte Zeiten und die Guten. Aber bitte in schlank, gesund, willig und finanziell stressfrei.

Mami hat euch beide gleich lieb, niemand wird bevorzugt.
Deine neue Frisur steht dir.
Wie geht's dir?
Mir geht es gut.
Dein neuer Freund ist sehr sympathisch.
Niemals würde ich deine beste Freundin ficken wollen, nein man.

Klar war das ein Wunschkind.
Ich mag mich, meinen Job, mein Spiegelbild und mein Leben.
Deine Eltern sind wirklich sehr nett.
Ich ruf dich an.
Mir ist egal, was andere denken.
Natürlich sind die echt. Ach, meine Gefühle? Ja-ja, die auch.
Natürlich liebe ich dich.

Blasser Wein

»Es war mir klar, dass du den weißen Wein trinken würdest.«
»Du bist so blutarm, blass, kühl und suchst in jedem neuen Glas das Prickeln, hm?«
Der blau gefärbte Mund des schönen Mannes bewegt sich, dringt vor und schiebt sich in den Gedankenschoß der träumenden Weißweintrinkerin. Sie lauscht den rauen Worten und ist versucht, das kratzige Gesicht zu befühlen. In ihrem Schoß sollte er wohnen, in Wein würden sie baden.
Blutarm?
Blass?
Kühl?
Der hitzige Mann nimmt einen großen Schluck der tiefroten Droge, wischt sich über den Mund und reicht dem stillen Mädchen das beschmierte Glas. Sie trinkt gierig, rollt den Saft durch ihre Mundhöhle, gurgelt und spuckt dem Schönen ins Gesicht. Perlen aus Spucke, Blut, Wein und Liebe bahnen sich ambitioniert ihren Weg durch seine Bartstoppeln, Lachfältchen und Grübchen.

Genüsslich leckt er die Reste von seiner Oberlippe, fixiert dabei das stumme Mädchen und stürzt sich nur einen Atemzug später auf sie. Der Tisch, der zwischen der Weißen und dem Roten steht, gibt nach, die Gläser und Flaschen klirren, der Raum bebt und der Mann liegt auf dem Mädchen. Geradezu liebevoll ohrfeigen, küssen, würgen und bespielen sich die Genießer. Die Karte rauf und runter, blau, rot und grün geliebt, zwischen Scherben und dem Lachen der Unschuld kommen sie gemeinsam zum Schluss, berühren sich auf einmal ganz vorsichtig und atmen im gleichen Takt. Ein und aus, ein und aus, Wein und raus.

Sie greift in eine der Dutzenden Scherben, die sich wie unsichtbare Zuschauer um die Aufreibenden versammelt haben, treibt diese tief in ihr helles Fleisch und trinkt.

»Es war mir klar, dass du den roten Wein trinken würdest.«

»Du bist so ein hitziges und rohes Gemüt, das nach jedem unbedachten Genuss einen Geschmack von ‚einmal noch und niemals wieder' verschenkt.«

Er lächelt, beugt sich über das blutende Mädchen, trinkt, kostet, liebt sie und erkennt, dass Blässe niemals reizvoller war.

Monster

Sie spricht von menschlichen Monstern, lebensunwürdigem Dasein und ihrer Last, ihre Kinder aufziehen zu müssen. Tante Marianne greift nach meinen Händen, kneift in meine Fingerkuppen und schimpft über die kurzen Fingernägel.
»Schön, glänzend und lang müssen sie sein, feminin eben, deine Hände sehen aus, als würdest du auf dem Bau schuften, Kind.«
Die Kinder sind eine Last, unerzogen weil dumm. Das haben sie von ihrem Vater, dem saufenden, untreuen, strunzdummen Hurenbock. Der ficke sowieso gerade die Nachbarin, hätte sich schon immer nach so einer weichen, kleinen Elfe gesehnt. Ein schlechter Mann, der warme Worte und einen warmen Körper begehrt.
Marianne spuckt klitzekleine Kaffeekuchenspuckreste in meine Richtung und prangert den Undank des Mannes, der Brut und jedem Idioten dieser Welt an.
Es scheint als würden ihr die großen blauen Augen aus dem Kopf fallen, als wären ihre großen weißen Arme zitternder Wackelpudding, so aufgeregt monologisiert sie über die verkommene Welt.
»Das Leben ist ungerecht, du kommst zur Welt, bekommst Prügel, verzichtest, hoffst auf die erlösende Liebe und endest dennoch nur ausgeleiert, ungeliebt, fett und verlassen am Küchentisch. Und ich habe ja nicht einmal danach gefragt, existieren zu dürfen.«
Nichts hätte sie jemals gehabt.
Alles hätte man ihr schon vorher genommen. Kein Geld, keine schmale Taille, nicht einmal einen gescheiten Mann. Aber diese elenden Monster da draußen, ja die haben alles.
Denen geht's gut. Die gehen nicht arbeiten, haben trotzdem Geld. Bekommen Kinder und werden nicht fett. Die haben

Männer, die treu bleiben.

Marianne schüttelt sich, presst eine Träne aus ihren trockenen Augen und bemüht sich redlich, das Selbstmitleid in mein Verständnis zu verwandeln.

Tante Marianne schimpfte immer.

Auf alle.

Sie war Todesstrafenfreund, glaubte, dass vergewaltigte Frauen meist selbst schuld seien, und ließ ihre drei Kinder jeden Tag wissen, dass sie ihr dankbar sein sollten, schließlich hätte sie die auch abtreiben können.

Niemals habe ich ein liebes Wort vernommen, eine Umarmung oder ein Streicheln über den kindlichen Kopf. Gedanklich nenne ich sie gern Monstermacherin und frage mich, ob meine Großmutter auch so eine war. »Wegmachen hätte ich sie sollen, besser wäre das gewesen, dann wäre ich frei, optimistisch und schön.«

Ich erinnere mich an die kleinen Zuckerpakete aus Schokolade und süßen Keksen, die ich für meine Cousins mitgebracht habe, betrachte meine abgeknabberten kurzen Nägel und vergleiche die Stümpfe mit Mariannes sorgfältig, rosa lackierten Werbehänden.

Marianne wäre niemals schön gewesen.

Chanel

»Wenn ich Chanel trage, fühle ich mich immer ganz besonders, anders als die Anderen und eben besser. Ich bewege mich sogar anders.«

»Man sollte mir schon ansehen können, dass ich was Besonderes bin«

Stinkt es, wenn du kackst?

»Frag mich doch so was nicht, das ist unerhört, vor allem für eine Dame!«

Bedenkt man, dass sie reichlich erschrocken ist und sich in ihrem Ekel wiegt, wird klar, dass der rot geschminkte Mund keine Linie zieht und das Gesicht keine Regung zeigt.
Die starre und andersartige Botoxfresse ist wirklich besonders.

Dämlich.

Regungslos.

Und sauteuer.

Ich frage mich, ob sie während einer 08/15-Vergewaltigung auch so ein regungsloses Gesicht hat. Das würde mich, als potenziellen Todes und Triebtäter, reichlich wütend machen. Ich frage mich, ob man sich Klasse und Stil wirklich kaufen kann und wie oft sie sich geduldet vergewaltigen lässt, um ihre kleinen Besonderheiten finanzieren zu können.

Ich denke ich werde ihr einen roten Lippenstift schenken, vielleicht sogar etwas ganz Exquisites, und wenn sie nicht aufpasst, werde ich ihr »Fließbandware«, auf die Stirn schreiben.

Einfach so, ganz speziell und besonders.

Sie wird's nicht spüren.

Das Bett

Schlafstätte, Spielwiese, Frühstückstisch, Sündenpfuhl, Beichtstätte und Lieblingsort. Stunden, Tage, Wochen, Monate und Jahre haben die Liebenden diesen Ort bewohnt und belebt. Hatten einander, ihre Ruhe, seligen, tiefen, unruhigen und innigen Schlaf.

Ineinander, nebeneinander, aufeinander und verschlungen. Selten allein, war doch sowieso nie an die einkehrende Ruhe zu denken, fehlte das geliebte Gegenstück.

Hunderte Filme genossen, sie bettete ihren Kopf auf seinem Schoß, er spielte mit ihrem Haar und gemeinsam träumte man sich an 1000 fremde Orte und malte sie sich bunt.

Geküsst, geliebt, geneckt, gestritten.
Miteinander, füreinander immerfort.

Nun liegt sie allein, erinnert sich, befühlt die kalte und leere Seite des Bettes und sucht. Sucht nach Erinnerungen, seinem Geruch und seinem Schoß. Ruft ihn, erhält Antwort und bleibt dennoch allein. Findet die Einsamkeit und Leere, kann nicht mehr schlafen und beschließt auf dem Boden die Ruhe zu suchen.

Er ist nicht mehr da und überall. Kein gleichmäßiges Atmen, keine Wärme, kein Kuss zur Nacht. Sie wacht und träumt, irrt durch die unruhigen Nächte, nach ihm greifend und suchend.

Er ist fort.
Verloren.
Gestern war er doch noch da.

Sie spürt seinen Herzschlag und auf einmal nicht mehr.

»Irgendwas mit Deep Throat!«

Ja, nett.
Die kleine dicke Frau hockt in der Ecke des Bettes und beobachtet die Gewaltspirale. Sie sieht sich liegen, alle Viere von sich und beobachtet, wie der Deepthroatwünschende auf sie einschlägt. Mit Schwanz, Fäusten und Worten. Die weiße Haut wandelt sich unter den Zuwendungen des Mannes zu einer zuerst rosa und dann tiefroten Malerei. Die Frau schweigt und erlebt.

»Irgendwas mit Deep Throat, irgendwas mit Schenkelspreizern, irgendwas mit gerissenen Mundwinkeln und irgendwas mit Verachtung.«

Sie wird als Spanferkel, Drecksau, Geschenk und Gelegenheitshure bezeichnet, während ihr Nacken geküsst wird. Sie war ein artiges Mädchen. Kochend, putzend, Kinder aufziehend, ein wenig zu viel essend und stets willig. Der Gatte war immer das nette Arschloch.
Lächelte, lobte und fickte die Gattin, die Nachbarin und gedanklich gerne mal die kleine Schwester.

Heute spielte er Weihnachtsmann und beschenkte sich selbst. Wut und die Frau als Ventil. Hämatome, tiefe Wunden und gespielte Orgasmen für die Liebste und wilde Raserei für den feinen Herrn. Ja, er liebte sie wirklich sehr und ja, er würde sie niemals verlassen. Wie würde er den schweigenden, kochenden, einsteckenden Tittensack doch vermissen, wäre er nicht mehr fass und tretbar. Und wie schade wäre es um das gute Essen, die frische Wäsche und die Ruhe vor den Kindern.

Irgendwas mit Deep Throat.
Irgendwas mit schmutzig und traurig machen.
Irgendwas mit hassen.

Herzlichen Glückwunsch

Was wissen wir denn schon?

Wasser schlägt Wellen, Vögel fliegen, Därme arbeiten und die Sonne geht auf. Wirbst du, wirst du gekauft. Schreist du, wirst du vielleicht gehört. Streichelst du, schnurrt die Katze. Hast du Hunger, wirst du gefüttert. Herzhunger, Kopfhunger, Schritthunger.

Neue Schuhe, warme Füße. Sucht sucht Befriedigung. Geld macht sicher, Sicherheit macht zufrieden, Zufriedenheit macht glücklich. Bist du verliebt, wirst du zurück geliebt. Prinz und Prinzessin verdienen einander. Horoskope lügen und RTL auch. Will man nichts sehen, schließt man die Augen. Mama ist die Beste und Schokolade kindheitslecker.

Ich treibe Wellen durch mein Wasserglas, reduziere meinen Wert, lasse meine Hand von der Katze zerfleischen und liebe die Frau im Spiegelbild. Die mich aber nicht oder nur halbherzig.

Mama schlägt unsanft gegen meinen Hinterkopf und spielt Domino mit meinen Wünschen. Prinz und Prinzessin setzen sich romantische Schüsse und kratzen sich gegenseitig den Alltagsdreck von den Schenkeln

Was wissen die denn schon?

Liebst du mich, dann lieb ich dich

Einfach so.
Und nee, ich vergleich dich nicht mit Schuhen, in denen es sich meilenweit laufen lässt, oder mit Schokokuchen, der mich sättigt, wenn ich ihn brauche. Auch nicht mit Liebesliedern und all diesen infantilen Scherereien, die sich nur gut verkaufen lassen und irgendwie an jedes Gesicht weitergereicht werden. Keine Clueso-Poisel und Fickifickizitate a la R. Kelly. Mach ich nicht, brauchst du nicht. Es genügt, wenn du nach Zuhause riechst.

Du musst mir keine Blumen kaufen oder mich mit Pralinen fett füttern. An dir fett werden, wäre ganz schön. Sich ineinander und in Fickfett wälzen. Du musst mir keine Lieder singen und Liebesbekundungen in meinen Schoß packen. Vielleicht später mal, in Form eines kleinen, plärrenden Scheißers, der sich »Uns« nennt. Lieben, vielleicht auch nur ein bisschen. Fähig sein und wollen.

Ab und an Schulter an Schulter, Hand in Hand und gemeinsam in eine Richtung schauen. Valentins und Jahrestage sollen egal sein und die Zeit sowieso. Nur ein bisschen lieben und liegen. Nur ein bisschen Wir. Ein bisschen du, ein bisschen ich. Schön, hässlich, jung, alt, klug, dumm, laut und leise. Macht ja nix, bleibt eh nicht so.

Gemeinsam ver- und wandeln, sich dafür verlachen und zur Not auch mit den Fingern in tiefen Falten und Hüftspeck wühlen. Nur wir, ein bisschen und noch viel mehr.
Genügt doch.

Der Tag, an dem ich mir selbst über den Kopf wuchs.

Ich saß in meinem Zimmer, an dem mit Wachstuch umhüllten Tisch und befühlte meinen Schädel. Tags zuvor war ich gestürzt, als ich durch den verwurzelten Wald fuhr.
Hier und da ein Sonnenstrahl, dort ein Rascheln und ich im Wirrwarr des Grüns und der ländlichen Dschungelei. Ein unbedachter Blick gen Himmel und flugs lag ich auf der Nase.

Und nun?

Tat mir der Mädchenkopf weh und es sirrte und summte unaufhörlich um mich herum. Meine Finger kribbelten, meine Schläfen pochten und ich fühlte mich wie an den Stuhl geklebt, auf dem ich saß. Auf dem Wachstuchtisch lagen meine Schulsachen wild verstreut. Zerschlissene Bücher, Gekrakel, viel zu schlecht benotete Diktate und ein weiteres Dutzend Anzeichen, dass aus mir nie etwas werden würde. Zwischen all dem Unrat fand sich ein frischer Block, jungfräulich, unbeschmiert lockend. Er flirtete mit mir, meinem schmerzenden Kopf und den oft so untätigen Händen.

Stunden, Tage und Wochen später erwachte ich. Realisierte, dass dieses unbefleckte Ding mich erwischt hatte. Ich hatte es beschmutzt mit allerlei Träumen von perversen Elfen, die Zauberdildos schwangen. Ich schrieb von Einhörnern, die im Erwachsenenfilmgeschäft hocherfolgreich waren, von legalen Gratisrauschmitteln, die reich, schön und bei erstmaliger Einnahme ein Leben lang glücklich machten. Ich erzählte von kastrierten Männern, die gern Hunde wären, von Lolitas, die eigentlich doch schon Mitte 30 waren und davon, dass ich doch gar nichts dafür konnte.

Der böse verwurzelte Wald war schuld, er ließ mich fallen und bleiben. Er nistete sich in meinen Kopf, schlug Wurzeln in meinem Hals und brach durch Lunge, Herz und Unterleib. Er

blühte in mir, spross aus meinem Kopf.
Ein Ästlein für jeden Gedanken.
Eine Wurzel für jede Idee.

Und heute sitze ich an einem Tisch, ganz ohne Wachstuch, befühle meinen Schädel und freue mich an jedem neuen Zweig.

Triebe und Liebe

Schwanz will sich wund penetrieren, Arsch und Titten wollen geknetet werden, bis sich Hand und Fingerabdrücke nicht mehr wegwischen lassen wollen. Haut ist überreizt, kribbelt unentwegt und will berührt werden. Mund und Mund sollten sich jetzt, sofort und für immer finden. Sich an und ineinander saugen, sich beißen, an und auffressen.

Sie sollte sich den ganzen Tag nackt durch die Wohnung, ach was, durch die Stadt bewegen aber langsam, will man doch jedes Muskelspiel, jeden Schritt und Tanz auskosten. Er sollte stets in Boxershorts zwischen Herd, Auto, Badewanne und Herz tänzeln.

Eigentlich nicht.

Nur Badewanne und Bett und dann gemeinsam ewig jung, schön und triebbefriedigend. Nach Wochen, Monaten und Jahren wird aufgewacht und die Klamotten werden gereicht. Vielleicht auch Kaffee und man schaut einander an, erkennt Kopfkissenfalten, die partout nicht weichen wollen, reibt aneinander rum und sich auf. Fragt sich und einander, wo der Rausch geblieben ist.
Wo dieses schöne »Wir« sich versteckt hat.
Zwischen Doggystyle, Mama und Papa kennenlernen, Kinder-Umzugs-Job-Autokauf-Grundsatzdiskussionen und ersten Wunden, irgendwo auf der Strecke.
Nicht aufgepasst und entschwunden.
Keine Lust mehr Triebe und den Anderen zu befriedigen.
Allein sein, sich hinter Büchern und Zeitschriften verstecken, Überstunden machen, Monate im Supermarkt verbringen.
Nur den anderen nicht sehen wollen, nicht mehr nackt, nicht mehr tänzelnd.
Eingepackt, schleunigst aus dem Leben schwindend.
Nackt und geil ist man alleine sicherlich nicht lange.

Die Muschi bleibt trocken

»Hatte deine Mutter dich eigentlich gern?«
Nee, deine dich etwa?
»Nee, kann ihr aber auch keiner verübeln, ich war 'n richtiges Fotzenkind«, prustet er mir entgegen, während er mit siffigen Fingern den vierten, fünften oder vielleicht auch zwölften Joint bastelt. »Ich habe ihr in der Schwangerschaft die Fress-Kotz und Stuhlgewohnheiten ruiniert, dann die Figur, dann das potenzielle Paradies eventueller Stecher, danach ihre Ehe und schlussendlich wohl ihr Leben.«
Aha, Papa war nicht so begeistert, hm?
Ich greife nach dem klebrigen Feuerzeug, schenke dem Herren Licht und lausche nur halbherzig seinen Provinzerinnerungen.
»Mamas Muschi war schon immer ein Desaster, da konnte nix Gutes bei rauskommen.« Er lacht, verschluckt sich am Rauch, bellt wie eine lungenkranke Dorftöle und braucht gefühlte Stunden, um seinen Witz abklingen zu lassen.
Ja, witzig ist er.
Reichlich runtergekommen, immer mit gefüllten Taschen unterwegs und stolz auf die um seinen Bauchnabel tätowierte Mutterkomplexmuschi. Die präsentiert er gern und bittet jedes Nullgesicht, ihm mal einen Finger reinzustecken.
Tiefer Bauchnabel, flacher Kopf. Das mögen die Menschen.
»Meine Mutter is' nicht mehr, hat sich erst ruinieren lassen, sich dann verpisst und ist irgendwann und irgendwo auf der Strecke geblieben, hab ich mal gehört. Die soll ganz schön gewesen sein, bis sie geworfen hat und kaputt gegangen ist. Blöd gelaufen für uns.«
Glasige Augen gaffen mich an, ich seh die Suppe in seinem Gesicht schwimmen.
Der heult gleich.
Draußen regnet es.

Sieht ungemütlich aus.
Hier drin neben ihm auch.
Ich lege meine Hand auf seinen Bauch und kraule den blöden, bunten Nabel.
Die Muschi bleibt trocken.

Alter Ego

Ich wäre auch gern mal der Horseboy mit einem
37 x 8-Teil!
Stellungskrieg! Kehle feat. Hinterkopf!
Man müsste ihnen zu penetrierende Löcher in den Leib bohren können. Den ultimativen Gangbang auftischen und alle Pornoträumchen Lügen strafen. Dann könnte man diesen kleinen Weibchen mal einen Grund geben rumzukreischen. Die klingen immer, als würden sie abgeschlachtet. Das liegt sicherlich daran, dass sie gar nicht wissen, wie sich ein wirklich erwachsener Schwanz anfühlt, die Damen sind schlicht nicht dafür konzipiert. Die vertragen nur den 10er. Arme Mädchen!
Ich wäre auch gern mal der Horseboy mit einem
37 x 8-Teil!
Stellungskrieg! Knochen knacken, Muskeln lädieren, vielleicht ein wenig schänden.
Kehle feat. Hinterkopf!
Ich würde nur diese permanent besoffenen Clubschlampen ficken, weil die alles mitmachen,
solange man sie schön auf ihrem Pegel hält und sich ihren nichtigen Ausführungen hingibt. Da müsste man Angst haben, so was Vollgerotztes widert einen dann an und trotzdem ist es total geil. So fernab jeder Würde und immer dämlich grinsen, während sie Mühe haben, meinen riesigen Schwanz auch nur halb zu schlucken.
Ich will Mundwinkel reißen sehen!
Den Rachen bluten!
Mir auf den Schwanz kotzen lassen, sie macht's ganz artig und mit Freuden wieder sauber!
Dummgeil!
Dumm!

Geil!

Eine Smith & Wesson in ihre Rosette stecken.
Die Dame wissen lassen, dass die Bezeichnung Rosette eine Beleidigung für diesen schwarzen Schlund wäre. Sie putzt sich jeden Tag die Zähne, ist sich aber zu fein, sich jeden Tag ihr Arschloch zu waschen.

Versteh einer diese aufgetakelten Viecher, tätowiert: »Ich trage mein Leben und meine Erfahrungen auf meiner Haut spazieren.« Welches Leben?

Das heiße Miststück hat, bis es 16 war, an Muttis Titten gelutscht und ist dann gleich zu dem etwas käsigen Gegenstück der Titte, dem unbeschnittenen Schwanz ihres Nachbarn, Schulfreundes, Typen aus dem Club und dem alten Sack, der ihr erzählt hat, dass er supersexy Fotos von ihr machen möchte, übergegangen. Tolles Leben trägt sie da spazieren.

Gepierct, natürlich. »Das ist Ausdruck meiner Individualität.« Alternativ, Indie, Punk oder vielleicht auch ganz öffentlich Schlampe, die beschmierten Schenkel in Halterlose und Fickstiefel gepresst, die Titten hoch, raus und fest geschnürt. Den Mund zu einer stilisierten Vagina hochgeschminkt. Und diese Edelfrauen erzählen dir dann was von Stil und Attitüde.

Egal, sie stinken alle gleich, nach altem Sperma, Speichel, Käse, Schweiß, Scheiße, kaltem Rauch und der Suche nach sich selbst. Macht aber nichts, Unschuld riecht noch widerlicher. Nach nichts.

Ich will markieren, derjenige sein, der den morschen, vom Pilz befallenen Baum anpisst.
Ich war da!
Ich werde sie glücklich machen, ganz bestimmt.

Die Traurigkeit

Die Traurigkeit isst Käsebrot, weint auf die Stulle, verschluckt sich an dem geschmacksfreien Produkt und hustet und würgt und spuckt. Fühlt sich selbst so lappig, blass und fade.

Die Traurigkeit steht in der Küche, hantiert mit dem Buttermesser, schmiert sich das nächste Brot und überlegt, die hübsch gebeizte Arbeitsplatte vollzubluten. Buttermesser in die Unterarme, die Brust und das Herz der Traurigkeit und die Küche bekäme endlich diese schöne, rote Wandfarbe, die sie sich schon so lange gewünscht hatte.

Der Gatte war damals, beim Einzug in das kleine Traumhäuschen, dagegen gewesen.

Es würde zu sehr aufwühlen und keinen Platz für Ruhe lassen, die man doch bräuchte, um zu leben.

Der Traurigkeit war es immer ein wenig zu ruhig, zu hell und zu freundlich. Die Traurigkeit war wütend, laut und dunkel und das schon, seit sie auf ihren wackeligen Kinderbeinen durch die Welt stampfte und erkannte, dass auch diese nicht sonderlich freundlich und ruhig gewesen war.

Der Gatte irrte und war fort. Lange schon. Alleine hatte er sie gelassen, nachdem sie die heimischen Wände mit eigenen Tränen übergossen hatte und jede Pflanze in ihrem Heim ihr Leben ausgehaucht hatte.

Zu viel Salz, zu viel Geschrei und darauf folgendes Schweigen. Und da stand die Traurigkeit, jonglierte mit Restgedanken, Käsebroten, einem Buttermesser und erinnert sich auf einmal gar nicht mehr an das, was man damals Leben nannte.

Stumm und allein übergoss sie die helle Küche mit roter Farbe und versank letztendlich in schmerzfreiem und lautlosem Getöse.

Schmalzstullenuschi

Man nennt sie gern Schmalzstullenuschi, variabel auch Bahnhofsbritta oder Gefühlsgisela. Heute ist sie ganz kurz das verspätete Höschenmädchen.

Das Mädchen steht dort und wartet. Die Bahn verspätet sich, so wie es das Mädchen seit Jahren tut. Zu spät zur Schule, nachhause, zur Liebe und zur Einsicht. Sie steht dort, starrt auf ihre Schuhspitzen, auf die Gleise und auf den alten Mann, der auf dem gegenüberliegenden Bahnsteig hin und her wippt.

Das Mädchen ist verliebt. Es trägt unter ihrem luftigen Kleid die Unterhose des Geliebten. Ihr eigenes Höschen klemmt in der Ecke des fremden Bettes, des fremden Mannes. Feucht und durchtränkt von halben Liebeleien und vollkommenen Körperflüssigkeiten. Sie wollte etwas von sich in seiner Nähe platzieren. Herz geht nicht, würde es doch nur nicht zu entfernende Flecken hinterlassen. Kopf auch nicht, den braucht sie doch noch manchmal. Das Mädchenhöschen erschien ungefährlich und bezeichnend. Das gehört da hin.

Das Mädchen wartet auf die Bahn und darauf endlich anzukommen. Kurz huscht der Gedanke, die eigenen Gliedmaßen ins Gleisbett zu streuen, durch den kleinen Kopf. Sie könnte mit einem eleganten Sprung vor die Bahn springen, sich mitreißen lassen und endlich Zerstreuung finden und werden.

Sie fragt sich, wer zuerst davon erfahren würde. Sie fragt sich, ob ein totes Mädchen in ein kaputtes Kleid und Männerunterhosen gekleidet, nicht eine gewisse Ästhetik in sich birgt und ob die Sanitäter wohl ahnen würden, was da vor sich gegangen war. Sie fragt sich, wann der Geliebte bemerken würde, dass sie durch zu viel Gefühl und Schnelligkeit zerborsten ist.

Die Bahn fährt ein, rauscht durch ihre Gedanken und lässt keine

Antworten zu. Sie steigt ein, setzt sich ans Fenster, zupft an der zu großen Unterhose und fährt dort hin, wo sie eigentlich wohnen sollte. Und morgen dann vielleicht zu ihm. Dann wird sie sich eine Uhr kaufen und ihm von Zerstreuungen und Verspätungen erzählen, während sie ihn küsst und eine neue Ecke für echte Herzenshinterlassenschaften sucht.

Typen, die sich als total crazy und amüsant bekloppt bezeichnen, sind ungefähr so reizvoll , wie ein Darmverschluss oder ein feiner Intimherpes

Während sie so fachsimpelt und einfach nur fabelhaft ausgeleuchtet, hier auf meinem Fenstersims hockt, lutscht sie am Filter der Zigarette. Wozu auch rauchen? Der nette Nachbarsjunge hat sie doch schon wieder im Blick. Der Mann ist ein wandelndes Klischee und putzt immer, wenn sie mich besuchen kommt, mit freiem Oberkörper die Fenster. Begegne ich ihm allein im Hausflur, kann das Arschloch nicht einmal grüßen.

Ich hoffe, er fällt aus dem Fenster und bricht dich das Bein oder so. Helfen würden wir ihm sowieso nicht. Soll er doch auf seinen beschissenen, unfreundlichen Bauchmuskeln krauchen lernen.

Ja, total verrückte Typen. Jene, die ganz irre sind, sich rebellische Bärte wachsen lassen, sich auch mal von der Frau ficken lassen und jeden Fips-Anussen-Witz auswendig können. Verrückt.

Ich werde solche Erscheinungen nur noch Mandy nennen. Vielleicht sollte man sich so eine trendy Mandy halten. Immer hübsch mit rosa Leggings, Euro-Dancemusik und halbernsten Ficks füttern. Hier und da Besitzansprüche auf Stirn und Hintern tätowieren und eine angemessene Leine um den Hals legen, das wäre doch mal speziell und wahnsinnig, ja, crazy.

Sie lacht laut, rutscht fast vom Sims, kratzt an der überspitzten Hysterie und spuckt dem putzenden Nachbarn auf die eine, noch ungeputzte Fensterfront. Ich fürchte, sie wird ihn mir zum Geburtstag oder so schenken wollen. Nee danke. Lieber

ʻne Mandy, um eigene Unzulänglichkeiten loszuwerden.

Eigentlich hasse ich sie ja, wie sie da schwankend rumhängt. In meinem Reich, in der ich Königin sein sollte und nicht sie. Der Nachbarsjunge hat schon den wahren Blick, das Arschloch. Die kurvige Brünette, die immer nur in versifften Malerklamotten etwas zu verschwitzt und zu hektisch durch die Flure stolpert, erscheint wenig reizvoll, erblickt man ihre Lieblingsfreundin.

Gesegnet mit langem Rapunzelhaar, noch längeren Beinen und einer unschuldigen Fickfresse, die ihresgleichen sucht, möchte man sie sofort besteigen oder aber töten. Diese bildschöne Drecksau!

Ich bin mir jedes Mal, tänzelt sie durch meine Haustür in mein Leben und küsst mich wohltuend auf die Stirn, unsicher ob ich ihr gut oder wehtun sollte. Vielleicht sollte sie mein Geschenk werden. Sie an der Leine, und der Nachbarsjunge darf hin und wieder an ihr lecken, aber nur wenn er brav »Guten Tag« sagt und meine Fenster putzt. So erzieht man sich die Liebe und schafft Menschenbesitz.

Und du bist immer noch da

Gestern, heute, morgen, immer. »Der Tod? Den halte ich für eine Erfindung Hollywoods.« Wir und sterben? Niemals!

Ewig 25 und ewig berauscht von dem Uns, den schwitzigen Körpern, die aufeinander rumturnen, der zu lauten Musik und den ungekämmten Haaren, die den Gedanken einen Tick zu sehr ähneln. Mutter und Vater verlacht, während sie zankend und irgendwie so alt durchs Elternleben laufen und immer grauer werden. Den süßfaltigen Damen die Einkäufe nachhause getragen und behände die Stufen rauf und runter gerannt. Den dicken Busfahrer, Weihnachtsmann genannt, weil er den ältesten und schneebedecktesten Bart der Welt zu haben schien. Opa und Oma beerdigt und geglaubt, dass es eben so muss und sich so gehört aber uns doch nicht trifft.

Wir doch nicht!

Wir bleiben wir in jung, geil und alles vertragend, die anderen sind schon alt zur Welt gekommen, wir sind unsterblich, ganz klar. Und dann verschwindest du einfach so.

Hältst im einen Moment noch meine Hand, ziehst mich durchs Leben und zeigst mir deine Welt und lässt mich Sekundenbruchteile später einfach los. Entschwindest grinsend, entschuldigst dich für deinen Irrtum und hinterlässt nichts als unzählbare Erinnerungen und die Hoffnung, dass es ein Danach geben könnte.

Und du bist immer noch da.

Lachend am Küchentisch sitzend, schimpfend neben deinem Grabstein, liegend in meinen Armen und meine Hand haltend zu jeder Zeit. Lässt mich glauben, unterstützt mich beim ein und ausatmen, treibst mich voran und erwartest ganz wortlos, dass ich 1000 Jahre alt werde. Ich versuch's. Ganz ehrlich. Auch, wenn ich wütend bin, weil du dich geirrt hast.

Wir sollen sterben? Niemals!

Fastfoodliebchen

Man schwankt zwischen Fünfminutennummern und der dicken Dose, die auf Vorrat über Jahre ganz gut funktioniert. »Heute verliebt sich doch niemand mehr, eher verfickt man sich kurz, guckt, was so geht, verwechselt Trieb mit Lieb,
befummelt das fremde Nullgesicht so nebenbei und schaut sich weiter im Supermarkt der Eitelkeiten, Unsicherheiten und gratis Geschlechtskrankheiten um.«

Im Gang sieben hängen geblieben, zwischen Hochglanz, Fettfritte und dicken Honigmelonen. Zwei, vielleicht drei Jahre, bis das Mindesthaltbarkeitsdatum überschritten ist. Vielleicht vorher schon, schmeckt ja eh nicht und so gut sieht die Ware eh nicht mehr aus. Der Wagen wird weiter durch die hübsch ausgeleuchteten Gänge manövriert, staunend wird die enorme Auswahl begutachtet.

Bio, überzüchtetes Brustfleisch, Bodenhaltung, giftgrünes Schlabberzeug, exotische Delikatessen. Man schwankt zwischen Fünfminutennummern und der dicken Dose, die auf Vorrat über Jahre gut funktioniert. Nebenbei etwas kleines, Süßes in den Mund gesteckt und sich geil gemacht, wenn keiner hinsieht.

Die dicke Frau an der Kasse kennt das Spielchen schon. Alle Eroberungen, Erfahrungen, Fehltritte und Spiegelbilder werden achtlos aufs Band geschmissen.

Kassier mal ab den Scheiß!

Ich zahl' mit Karte.

Fickfilmanimation

Ein verkaterter Supermarktbesuch und die Einsicht, dass man schneller splitternackt auf dem Fließband landen kann, als einem lieb ist.

Bin kurz davor, dieser abgefuckten Schlampe von Kassiererin in ihr degeneriertes Gesicht zu kotzen. 'Nen Fünfer die Stunde dafür, dass sie mir unaufrichtig ins Gesicht grinst und sich wie ein Kassenmussolini,nach einem Einlauf mit frisch gebrühtem Ceylon, aufführt.

Neben mir steht ein fetter, nach Schwitze und Goldkrone stinkender Hautbeutel, der die Bezeichnung Frau nicht im geringsten verdient hat. Verdammte Scheiße, das könnte ich sein. Strähniges Haar, verquollene Augen und ein Gesicht, das vor Scham schreit. Dieser versoffene Genpool glotzt mir geradewegs ins Gesicht. Ich versuche meinen Brechreiz zu kontrollieren, starre auf den wabbeligen, schwitzigen und bebenden Hals. Sie zittert, tänzelt ein wenig Hin und Her, wischt sich Rotz von der Nase und steckt sich ihre dicken, grauen Finger in den Mund.

Das darf doch nicht wahr sein, alte Schlampe!

Ich könnte sie und den notgeilen, pubertierenden Spacken neben mir verkuppeln. Sie aneinander ketten. Dieser kleinschwänzige Hengst versucht zu verbergen, dass er geradezu hypnotisiert meine Titten mit seinen Saugnapfaugen verschlingt. Fahrig schmeißt er ein Dutzend Haribolakritztüten auf das Fließband und fummelt in seiner viel zu engen Jeans rum. Ich bin mir sicher, dass er noch vollkommen unbehaart ist. Er und die Goldkronenfrau!
Wundervoll!

Ich lache laut auf.
Die Kassiererin schaut verständnislos zu mir auf, zieht eine ihrer viel zu buschigen Augenbrauen hoch und die Stirn kraus.

Das soll wohl abschätzig wirken, ist aber einfach nur zu amüsant. Ich bin nur umso mehr gewillt, ihr widerlich solarienverbranntes Gesicht zu nehmen und solange gegen den Zigarettenständer zu schlagen, bis rosaroter Gischt aus ihrem verzogenen Mund sprüht.

Vorerst begnüge ich mich mit dem Gedanken, sie und meine beiden Freunde Goldi und Hengsti zu vereinen. In Schnaps badend, sich gegenseitig Lakritzschnecken in ihre Körperöffnungen schiebend. Der kleine Hengst würde versuchen seinen blassen, schrumpeligen Schwanz zu wichsen, wird aber nicht funktionieren. Ich glaube, er ist kein Freund fetter Alkoholikerinnen oder verzerrter Kassenmuschis. Er will eine saubere, reine Blondine, gekleidet in rosa Höschen und Blüschen. Nach Zuckerwatte und Wassermelone soll sie schmecken.

Was der unfertige Bub bekommt? Neurosen, und wenn es gut läuft, einen Tripper als Souvenir. Ich pack dir das liebend gern mit aufs Fließband, gratis. Dieser kleine Penner wird der kläglichen Versuche, meine Brüste mit seinen blassen Augen freizulegen, nicht müde. Dem kotze ich auch ins Gesicht, der mag das, weiß es nur noch nicht.

Mein Magen krampft, ich fange an zu zittern und lauthals zu lachen, als eine Fontäne rostroter Innereien auf dem Fliessband und in den Gesichtern meiner auserkorenen Protagonisten landet. Kann ich ja nix für, die letzte Nacht war hart und auf unerwarteten Großstadthorror war ich nicht vorbereitet. Hysterisch kichernd steppe ich aus dem Supermarkt. Freunde, ich bin raus!

Und es bleibt nichts, als eine Welle der Verständnislosigkeit.

Frau Fett sucht die Liebe

Die Marco Schreyls und Carsten Spengemanns, diese geilschleimigen Medien-Wichsvorlagen für das debilanspruchslose Hausfrauenherz, die konnten schon was.

Nach der täglichen Überdosis RTL, Inka Bause intravenös, Kackbrownies und billigem Dosenbier machte es »Klick«. Frau Fett sehnte sich nach Liebe, kurzweilig und sahnig. Sie ersehnte den freien Blick auf die eigene, befremdlich anmutende Vagina. Ohne freie Vagina keine Liebe, das eine würde das andere bedingen, das war klar.

Vincent der treue Vibrator hatte sich, nach Jahren der wortlosen Aktivitäten, verabschiedet. Das Bier stellte, obschon in den ersten fünf Minuten prickelnd, keinen brauchbaren Ersatz dar.

Die Marco Schreyls und Carsten Spengemanns, diese geilschleimigen Medien-Wichsvorlagen für das debilanspruchslose Hausfrauenherz, hatten auch ausgedient und waren farb und reizlos geworden.

Diese Karteikartencasanovas fingerten sowieso lieber in den 08/15-Rosinenhintern der Dutzenden Castingstars rum.
Das stimmte traurig.
Frau Fett wollte auch einen Rosinenarsch besitzen, zum Befingern und Anschauen. Vielleicht sogar ihr Eigen nennen, stattdessen glich ihre Kehrseite dem Inhalt ihres Schädels. Schwammig, verzeichnet und holprig.

Eine unangenehme Einsicht. Gern wäre sie ein Topmodel mit schriller Stimme und flachem Bauch geworden, hätte mit alternden Playboys, tuntigen Friseuren und grandios ausgestatteten, vernarbten Schmusesängern rumpoussiert.

Die Wahrheit ist fotolos und unerträglich. Die Spiegel verhangen und der Blick milchig. Weder schrill noch flach. Maximal betrunken, ungewaschen und ganz leise. Wahrheit und Stillstand schmerzen Frau Fett so sehr, dass der verhasste Spiegel verdeckt bleibt und der geliebte hoch und angetrieben wird. Vielleicht sollte die Dame einen Nachfolger des innig geliebten Vincents suchen und finden. Groß, blass, sprachlos, so egal und einfach zu ersetzen, wie die einsame Frau.

Die wahre Liebe.

Geschichtenerzähler

Ich erzähle Geschichten, die ich erfahren und selbst gelebt habe. Von Prinzessinnen, die keine sind, von Prinzen, die sich in selbst die Krone aufsetzen und von nächtlichen Begegnungen, die rauschender und lasterhafter nicht sein könnten. Vom Missbrauch des Menschseins, von Überdosierungen, verrückten Idealen und davon, dass eigentlich alles ganz anders aussieht oder wenigstens sein könnte.

Ich erzähle diese Geschichten, während ich tagein tagaus in meinem Plüschpyjama vor der Welt sitze. Virtuell ist sie. Schnell, rigoros, kaltschnäuzig und durchzogen von Bösartigkeiten und gefeierter Unart. Die Lesenden nehme ich kurz an die Hand und hauche ihnen Lügen in den Leib, die wahrer nicht sein könnten.

Meine Freunde und Freuden wollen sie sein, meine Hand nicht mehr loslassen und vielleicht für einen Atemzug als Muse gelten. Erfolgreich lassen sie sich belügen, entführen, befingern und kurzweilig beeindrucken. Natürlich gelten die Fleischleibchen und Kopfkostbarkeiten als Inspiration. Wie sie sich winden, strecken, schimpfen, wüten, Worte hassen und sich von hübsch bemalten Gesichtern blenden lassen.

Dann wandere ich ungeduscht, nach Leben und Traurigkeit stinkend in die Küche, genehmige mir zuckerbrauseversetzten Billigschnaps, furze laut, kratze am offenen Fenster meinen Schritt und frage mich, wann die Tarnung endlich auffliegt.

Wann die Künstlerfreundchen in virtuell oder gar real, endlich entdecken, dass sich hinter dieser drittklassigen Schreibe ein hässlicher Geist in einem unansehnlichen Körper versteckt.

Ich frage mich, ob ich mich oder die Menschen belüge. Woher ich eigentlich die Worte habe und warum ich keinen Filter fürs Sein habe. Wer erfolgreicher scheitert, die, ich oder die

Kunstfigur, die ich zu oft im Spiegel zu sehen bekomme. Ich könnte sie alle einladen, mich zeigen und mein Maul nur aufbekommen, um verrottete Zähne zu offenbaren.

Ich könnte mich in Streicheleinheiten oder Prügelarien bezahlen lassen, Schlafanzüge und Make-up Entferner verschenken und darauf hoffen, dass die tollen Menschen eben das sind, was ich gern wäre.

Wahr.

Unschuld

Die Unschuld sitzt neben mir und isst Apfelkuchen. Ich stecke meinen Finger tief in den süßen Teig, wühle in Apfelstückchen und schmiere mir Reste der süßen Leckerei auf die nackten Beine, Arme und in den Schoß.

Die Unschuld interessiert das nicht. Sie sitzt neben mir ganz ungerührt und kaut genüsslich. Ich hasse sie in diesem Moment so leidenschaftlich, wie ich Apfelkuchen liebe.

Gestern Nacht hatte ich sie aufgegriffen, als ich mit meinen Liebhabern, Frustgesichtern und heimlichen Lieben durch die Stadt zog. Sie hockte in einem Fotoautomaten und zog Grimassen.

»Weil die Sonne fehlt und ich sie ersetzen will.«

Die Unschuld trug ein fadenscheiniges Kleidchen und nackte Füße. Eine Krone aus schwarzem Haar zierte ihren kleinen Kopf und ihr kleiner Mund schien mir so, als würde er darauf warten endlich einmal geküsst zu werden.
Ich würde es tun.
Sie beschmutzen, ihre Sonne sein und Grimassen ziehen.
Es würde schmerzen, würde ich sie im Hier und Jetzt einfach nehmen und ihre Reinheit zerreißen.

Meinen Begleitern fiel das kleine Ding nicht auf, sie übergingen sie, ignorierten sie und bliesen ihr undankbaren Rauch ins Gesicht.
Das arme Ding.
Ich würde sie mit mir nehmen, sie deflorieren und jede Ignoranz Lügen strafen.
Die Unschuld.
Die Meine.
Auf ewig.

Wäre schon schön, wäre ich nicht stets darauf aus sie zu zerstören, zu beflecken und mit Narben zu versehen. Wäre schon schön, wäre diese undankbare Hure keine Meisterin der Täuschung und Verkleidung. Wäre schon schön, würde ich erkennen, was mir selbst verwehrt blieb.

Wäre schön, ja.

Von denen, die auszogen, das Glück zu lernen

1,8 Promille?
Sex?
Das frisch bezogene Bett?
Das Kind in den Armen wiegen?
Laute Musik und schwingende Hüften?
Kokain und gelutschte Zehen?
Katzenbabys im Schoß und Schnurren im Ohr?
Wahre Küsse auf Stirn und Mund?
Grüne Wiesen und Vogelgezwitscher?

Wo beginnt das Glücksgefühl und wo endet es?
Wo findest du es?
Zwischen den Beinen einer Frau oder eines Mannes?
Im nächsten Glas oder dem nächsten Club?
In jeder neuen Begegnung?
Mit jeder neuen Bewegung?
Vielleicht schenken aber auch die hübschen rosa Kapseln das kurzweilige Glück.
Und was, wenn du das Glück nicht mehr erkennst, es dir durch die Finger rinnt und du es nicht halten kannst?

Braindead

Dieses großleibige, monströse Weib zerrt ihre Brut zurück in den Mutterschoß. Ich hätte fast auf die große, weiche Matratze gekotzt. Ronnys Matratze.

Ronny war knappe Einssechzig groß, hatte halblanges Haar und den dürrsten Körper, den ich jemals gesehen hatte. Er fütterte mich immer mit kleinen Aufmerksamkeiten. Eigens gezüchtetes Weed, Brownies und das erste Mal »2 Girls, 1 Cup«. Besten Dank für diese Einblicke.

Filme, Tittenmagazinsammlungen und seine weiche Stimme fesselten mich so manches Mal tagelang an seine Matratze. Ich hatte Ronny gern, wenn er seine wackelige Brille auf der Nase hin und her schob, über Filmgeschichte schwadronierte und den gefühlten zwanzigsten Joint drehte. Er redete über Filme und ich über die gemachten Titten seiner Hochglanzträumchen. Jeden zweiten Tag bin ich auf seiner Matratze eingeschlafen, gehüllt in dichten Qualm und Essensreste.

Immer bin ich allein aufgewacht. Der dürre Ronny war ein braver Junge. Stets lieblich, zuvorkommend und irgendwie verschroben. Der liebe Junge von nebenan. Ich war 17. Er schien 12 zu sein, war aber schon 27. Ewig hätte ich in diesem Taumel aus Brownieschnute und Vorträgen vor mich hin dösen können, ewig berauscht und ewig eingelullt in Wohlgefühl.

Ronny sah das anders.

Es häuften sich die rotweingetränkten Vorfälle.

Dunkelblaue, verkniffene Lippen, die sich mir nähern wollten. Feuchtkalte, zitternde Finger, die nach mir suchten und spitze Kleinjungenhüften, die sich nachts an mich pressten. Der nette Junge war auf einmal gar nicht mehr nett und die erweiterte Filmesammlung wurde offenbart. Bondage, Klistier, NS, KV und schmale Leiber mit Fäusten traktiert. Zwischen all dem gedanklichen Unrat eine kleine Box.

Ich!

Ich schlafend, ich lauschend, ich essend, ich in der Wanne, ich pinkelnd. Der Sammler und sein Lieblingsstück. Ich habe es gestohlen, mich entfernt und ihn nie wieder gesehen.

Ronny ist gestorben.
Man fand ihn in auf seiner Matratze.
Verhungert.

Was bleibt?

Leben nagt und zerrt an dir, du kannst so viel Absinth, Wodka und Whiskey trinken, bis du denkst, dich konservieren zu können. Ich kann dir versichern, das funktioniert nicht.

Ich habe dich beobachtet, wenn du einmal mehr, auf einer dieser anonymen Partys neben mir standest, vertieft ins Glas und fixiert auf den nächsten Kerl. Die Gläser hatten einen größeren Reiz als all die mickrigen Penisse, das war immer offensichtlich, sie spendeten sowohl den nächsten Schluck als auch etwas aufgetragenes Interesse. Das tut dem traurigen Großstadt-Mädchenherzen gut. Selbstachtung im Glas, egal ob es brennt oder prickelt. Du wärst gern die großbusig-dralle Blondine oder das magere Szene-Girl, gehüllt in das, was die Mode als klassisch-schön oder hip und trendy diktiert.

Saisonmädchen!

Vielleicht auch die Existenzialistin, eine Hornbrille ins Gesicht gehämmert, Sartre würde dich lieben, hättest du doch störrisches Haar, störrische Gedanken und einen blutroten Mund. Vielleicht ein hippieskes, weltenbummelndes, freigeistiges Mädchen, gehüllt in Wallekleid, Mähne und auf nackten Füßen durch die Weltgeschichte tanzend.

Was bleibt?
Nichts.
Du suchst, wirst panisch, rührst in deinem Glas, in deinem Kopf, in deinen Wunden.
Nichts!
Du bist nicht die Hälfte von dem, was du, in guten Stunden und die sind wahrlich rar gesät, zu sein glaubst. Du solltest dir die Haare kämmen, Schuhe anziehen, über Mario Barth lachen und ein paar psychotische Bälger in die Welt setzen.
Diese, die mit 12 oder 13 Jahren, deine sowieso schon schmale Geldbörse plündern, sich über deinen über überproportionierten, fetten Arsch lustig machen und dich alte

Fotze nennen. Dann kannst du denen die Schuld geben, dass du seit Jahren ungebumst und zu leer geblieben bist. Nicht langhaarig, nackt und barfuß am Strand deine Gedanken wie Muscheln sammelnd und verstreuend, nicht in allen Galerien dieser Welt zuhause. Kein Sexsymbol und von jedem Schwanz dieser Welt begehrt und verehrt.

Und?
Was bleibt?

Zuhause

Da, wo das Zuhause ist. Ganz kuschelig, an den Ecken ausgefranst und uralt, zaubert dieses Gefühl von Zuhause an den Füßen, ein heimeliges Wohlsein in den Leib. Zwischen Parkbank, Fremdkissen, Kurzstreckenschläfchen und langen Wanderungen sucht man nach dem Finden. Hier und da die geliebte Bettwäsche mitgebracht. Ganz kuschelig, an den Ecken ausgefranst und uralt, zaubert dieses Gefühl von Zuhause an den Füßen, ein heimeliges Wohlsein in den Leib.

Mutsch hatte ihr die Bettwäsche einmal eingepackt, als es das erste Mal soweit war, dass das 15jährige Mädchen ausbrechen musste. Raus aus dem beengten Kinderzimmer, der rauchigen Küche und dem muffigen Badezimmer. Raus aus der Kindheitsbude und den widerlichen Erinnerungen, die eigentlich nur einem schlechten Film entstammen können. Raus in den Park, die Stadt und die Freiheit. Die wilden Freunde schaffen das doch auch, sogar ohne Bettwäsche.

Rotes langes Haar, irre Hauptstadtnächte, durchwachtes Straßenkind und die große Suche. Die Bettwäsche immer in dem großen Rucksack, durchs Leben trottend und tänzelnd.
Wochen, Monate, Jahre.
Mal hier, mal dort.
Liebe gefunden, zur Ruhe kommen, im Grünen zwischen Katzen, Wochenendeinkauf, Wäsche aufhängen und Gartenarbeit leben.

Die Bettwäsche ruht in der hintersten Ecke des großen Schranks. Nach einem Jahr wird sie wieder rausgekramt, in einen großen Karton gelegt und mitgenommen. Keine Liebe, keine Sicherheit, kein Zuhause.

Noch ein Versuch, dieses Mal an einem anderen Ort.
15 Jahre lang wird gesucht. Kein Glück, nur einen Ort um zu verweilen, sich aufzubauen und Mensch zu werden.

Die Bettwäsche umhüllt den Körper. Wir warten und gucken uns um. Wir werden ankommen, irgendwann. Ganz ausgefranst, unzählbare Kilometer hinter uns und das große »Ich bin Zuhause« auf den Lippen.

Der brave Henry

Henry war einer von diesen, der sich gern Guevara auf die Lederjacke tackerte, Vaters Bikerboots auftrug und Nirvana für große Kunst hielt.
Gern wäre Henry ein Andreas Baader gewesen, saugte er doch jede RAF-Idee auf und träumte davon den Springerverlag endgültig in Grund und Boden zu bomben.
Er hasste seine Mutter dafür, dass sie ihn so spät ins Leben geschissen hatte und er, als es halbwegs spannend wurde und in Hannover Chaos ausbrach, zuhause saß und sich seichten TV-Wichs ansehen musste.
Käseschnittchen, Mettigel und Mamas Gesülze.
15 Jahre später sitzt er auf einem speckigen Sofa, balanciert seinen einsamen Schwanz zwischen seinen Händen hin und her und starrt dieser glatzköpfigen, schwarzen Frau auf den überirdisch großen Mund, während sie in das Mikro haucht und lasziv über ihre Lippen leckt.
Solche Weiber sind die perfekten Wichsvorlagen.
Pop und Rockmatratzen, die ihre Muschis verstecken und diesen Pornowichs noch gar nicht nötig haben.
Er fragte sich, ob die Lippen zwischen den Beinen der Fickidee auch so kolossal und übermächtig erscheinen würden.
Bestimmt.
So eine würde er nie bekommen.
Er bekam keine Molotowcocktails, keine haarigen Rebellinnen und keine Handjobs während einer entspannten Autofahrt.
Henry bekam nur solche Weiber wie Jutta.
Jutta war die Nachbarin und beste Freundin seiner Mutter gewesen.
Er war 15 und sie war 39.
Er war haarlos.
Sie war das Opfer eines Dauerwellenfetischisten geworden.
Jutta war die erste Frau, die er anfassen und ausgiebig

betrachten durfte. Sie war käsig-weiß, sorgfältig rasiert und ein wenig wellig an seltsamen Stellen.

Immer, wenn die ganze Familie in Juttas Küche saß, um Kaffee zu trinken und sich grau zu qualmen, umstrich die Dame den heranwachsenden Jungen.

Sie trug stets viel zu enge, geblümte Blusen und quetschte ihre mächtigen Fastvierziger-Titten zu Tode.

Henry wollte zwischen den weißen Weiberbällen schlafen und ersticken.

Er wollte die nach Zwiebeln, Weichspüler und Gemüsebrühe riechende Nachbarin heiraten und sie zu Tode beschlafen. Jutta wollte mal unartig sein und einen kleinen Jungen entjungfern.

Die brave Hausfrau.

Der brave Henry.

Sitzt in diesem Sessel, vollkommen unrebellisch, nullgefickt, nullgeliebt und denkt an die einzig erlebte Leidenschaft, während er sich den großen schwarzen Mund der geilen schwarzen Frau vorstellt.

Vielleicht sollte er mal wieder seine Mutter besuchen und Kartoffelsalat essen.

Man könnte ja auch brav der Nachbarin »Guten Tag« sagen.

Nichts fühlt sich schöner an, als dünn zu sein

Da sitzt sie vor mir, nippt an ihrem Zitronenwasser und lächelt mir ins Gesicht. Ich begutachte mein Eierbrötchen und meine heiße Schokolade.
Mir wird schlecht.

Sie ist wunderschön, war schon immer sehr zerbrechlich und weckte schon immer intensive Beschützerinstinkte. Sie trägt ein schlichtes schwarzes Shirt, hat ihr blondes Haar zu einem Knoten gerollt und linst nun dezent geschminkt über ihre große Brille.
Ein schönes Kind.
Eine Elfe, die süchtig nach Zitronenwasser und Abführmittel ist.

Ich frage sie nicht mehr, ob sie Angst hat.
Ich frage sie nicht mehr nach dem, was ihr fehlt, was sie braucht, sucht und zu finden gedenkt.
Ich stütze mich auf meine massiven Walkürenarme, lasse meine Kopfschlangen schweigen und schaue sie einfach nur an.

Sie weiß, was ich sagen will und was ich denke, schüttelt aber nur fast unmerklich den Kopf. »Es gibt nichts Schöneres, als sich selbst ein wenig lieb zu haben« sage ich und lasse meine Oberschenkelschwabbelmuskeln tanzen, sie sieht's ja nicht.

»Lieb haben, ja, ich bin doch dabei.« Es mangelte ja nie an echtem Gefühl. Mami und Papi sind da, die kleine Schwester eifert der Großen nach, will auch so schön und still sein. Die Jungs waren immer zur Stelle, ging es ums Ausgehen, nachhause bringen oder bei den Hausaufgaben helfen. Ich war immer da, beneidete ihr Schlüsselbein, ihr schönes Zimmer, ihre Mathenoten und ihre Ausstrahlung.

Nur war sie nicht da.
Nie wirklich.

Lächelnd, schweigend, auf der Unterlippe kauend, neben mir auf der Schulbank, im Bus, im Café, Club oder eben sonntags im plüschigen Mädchenbett. Immer schmal, immer klein, immer leer und traurig. Immer voller Hass, Wut und Zweifel mied sie den Blick in jeden Spiegel und in jedes Schaufenster.

Ich habe es erst spät begriffen, habe erst spät realisiert, dass ich immer die Burger und Pizzen verschlungen habe und sie stets verneinte. Jetzt sitzt sie hier und ihr Haar scheint zu schwer, für diesen schönen Kopf.

»Es ist schön, so dünn zu sein.«

Sie hat Hunger, mehr als ich jemals hungrig sein könnte. Ich will sie füttern, mit Leben, Selbstliebe und dem großen »Ich will«. Ich schiebe ihre wortlos meine mittlerweile lauwarme Schokolade entgegen, stehe auf, küsse ihre kühle Stirn, flüstere ein »Ich liebe dich« und gehe.

Einen kleinen Schluck wird sie nehmen, das ist gewiss und dann wird sie mir folgen und mich auf die grünen Bäume, die singenden Vögel, den hellblauen Himmel und die Schönheit des Lebens aufmerksam machen.

Eigentlich ist die Stadt ja ganz lieblich

Der Typ von nebenan balanciert einen Kühlschrank, den er Sofa nennt, durchs Treppenhaus. Die Eine schüttet roten Sekt und lautes Lachen über Tisch, Kleid und Beine, die Andere säuselt ihrem Angebeteten ins Telefonohr und ich breite mich vor Ihnen aus, küsse Stirn und Herzen.

Schön, die Damen.

Wir hocken hier, lassen Gedanken und Erinnerungen durch den Raum fliegen, freuen uns an der schönen Gesellschaft, halten uns an den Händen und nie die Fresse.

Frauen.

Diese seltsam, schönen Geschöpfe.

Bonnie Tyler, Klimperwimper, Gogo, Crackhurenliebe und Frau Wursthaar. Grüner Schnaps, roter Sekt, lange Beine, volle Münder und Köpfe. Versammelt, hockend, gemeinsam und kichernd, dort im Hinterhof. Klischees erfüllen und gut aussehen.

Stadtmädchen, ich liebe euch.

Thorben-Hendrik

»Hier haste« spuckt mir dieser wildfremde Lukas, Roy-Thorben-Hendrik entgegen und reicht mir sein Bier und einen Lutscher.

»Watt willste?«

»Na du siehst so aus, als könntest du Promille und Lutschereien vertragen.«

Ich werde ihn Thorben Hendrik nennen, jawohl. Promille UND Lutschereien? Und dann kommt man(n) mir mit Pissebier und Zuckerstäbchen?
Was sagt uns das?
Er ist erstens kein Freund wirklich guter Anmachen, zweitens scheint er blind zu sein und drittens wäre ihm eine Lutscherei zwischen Tür und Angel nicht mal einen lauwarmen Whiskey wert. Wo zum Henker sind die Gentlemen hin, die einer Lady wie mir die wahren Lieblichkeiten der Nacht schenken? Schön rasierte Schwänze, freundliche Hände, gewaschene Unterhosen und Spirituosen, die nicht nach dem morgendlichen Toilettengang schmecken.

Ich prangere das an!
Seid artig, benehmt und wascht euch!

Lutscher sind super und man darf auch einen blöden Namen haben aber bei Pissebier hört's auf. Wir sind hier nicht auf dem Kinderspielplatz, wo der kleine Roy seine dreckigen Hosen ausziehen darf, um sie seiner bezopften Angebeteten um die unschuldigen Ohren zu hauen, nein.

Und Süßer, nur weil du in einer mittelprächtigen Kapelle noch mittelmäßigere Musik produzierst, heißt das keineswegs, dass Madame Lutsch sich geadelt fühlt, nur weil sie sich auf deinen versifften Schoß setzen »darf«.

Was also tun?

Seinen angestrengt gezüchteten Dreitageschmutz begutachten,

ihn gedanklich für das lila Unterhemd tadeln, sich Lutscher und Bier schnappen und an die nächstbeste Dame weiterreichen. Unbekannt dürfte das dem Thorben nicht sein.

Lodos Liebe

Die Zähne schlagen klappernd aufeinander, geradezu rhythmisch und irgendwann nur noch monoton und einschläfernd. Lodo liegt auf seiner Pritsche, lauscht dem Frieren seines Zellenkumpans und starrt ins Dunkel. Sein Rücken schmerzt, die muffige Decke kratzt an seiner Haut und reibt ihn wund.

Lodo flieht.

Flieht vor diesem elenden Zähneklappern, der Kälte, dem wortlosen Verleben neben einem Fremden, dessen Sprache er nicht spricht und vor den Wänden, die täglich näher rücken und ihn über kurz oder lang, vielleicht sogar schon morgen, zerquetschen werden. Warum und wie lange er hier an diesem unseligen Ort weilt, weiß er nicht. Die Wände wandern näher, angetrieben von dem anschwellenden Stakkato der klappernden Zähne, jeden Moment wird das kratzige, unwissende Dasein ein Ende haben.

Lodo hält sich die Ohren zu, kneift die Augen ganz fest zusammen und verharrt, wartend auf den folgenden Schmerz. Bange Sekunden später fällt er in einen tiefen Schlaf und findet sich vergraben zwischen den Brüsten seiner ersten Triebliebe wieder. Nata, die blasse Nachbarin, das schöne und schweigsame Mädchen, das sich von ihm im Treppenhaus befühlen ließ und ihn stets in dieser kurzen und hechelnden Hektik mit einem schiefen Lächeln bedachte.

Damals, vielleicht gestern und ganz sicher niemals wieder, würde er doch hier, an diesem Ort zum Ende kommen.

Ohne sie.

Nata.

NATA!

»Wer ist dieses Nata?«

Lodo schreckt auf, reibt sich die Augen, lauscht in den Raum und greift ins Leere. Wer ist Nata? Sein klappernder Zellenfreund hockt grinsend in der Ecke, des gar nicht mehr so engen Raums, starrt ihn an und kaut ambitioniert an seinen Händen. Eine Blutlache hat sich bereits in seinem Schoß gesammelt.

Einsichtig schleicht Lodo zu dem feuchten Schoß, bewundert die tiefe Farbe und stiehlt die tropfende Menschenidee. Er erhebt sich, ignoriert den müden Blick des Fremden und verziert die unerträglichen Wände.

Brüste.

Natas Brüste.

Mit jedem Zug ein Paar an die Mauertristesse gemalt. Sollten sie wirklich wandern, ihn zerquetschen und erlösen, wäre das ein angemessener Tod. Zwischen den Brüsten der einzigen Frau, die er jemals geliebt hatte, zu verenden, erscheint Lodo nur logisch und erstrebenswert.

Mit nackten Füßen steht er da, verfällt in wilde Raserei und streicht das gefürchtete Umfeld in trockenes Rot. Sein Begleiter leert sich zusehends, wird blasser und unter immer leiser werdendem Gemurmel haucht er schließlich sein Leben aus. Für die Kunst.

Als das Werk vollbracht und der Raum einer riesigen Landschaft aus Brust und Erinnerungen gleicht, stellen sich keine Fragen mehr. Lodos Augen wandern hektisch über jedes Abbild seiner Treppenhauserinnerung, fühlt sich wohlig warm und eingebettet, bis sein Blick an diesem leeren Häuflein Menschenhülle hängen bleibt.

Auf allen Vieren schleicht er vorsichtig und atemlos auf den unliebsamen Gefährten zu, versucht das fremde Gesicht zu erfassen und erkennt.

Sich.

Ausgeblutet, leer gefressen und frei jeder Furcht. Er richtet sich auf, schnappt nach Luft, streckt sich und öffnet, die vorher fest verschlossene Zellentür.

Guten Appetit

Im TV flimmert eine Dame namens Lena Meyer Fickfresse über den Bildschirm und trällert stumpfsinnige Kinderlieder, während sie ihre eingeschnürten Teenietitten hin und her wiegt.

Meine kleine Nichte hüpft kreischend vor den Geräten auf und ab. Ich sitze hier, eingezwängt zwischen großer Schwester, ihrem Drecksstecher, meiner besoffenen Mutter und ihrem eingebildeten Lebensgefährten. Ich brauche Wodka. Viel davon. Lena Fickfresse lässt meine Vorhaut zucken. Schlimm genug, dass ich eine habe. Ich kann dem Stückchen Haut nix abgewinnen, bin aber zu feige das Ding mal wegsäbeln zu lassen.

Die kleine Nichte wird immer lauter und unkontrollierter. Sie zuckt, jubelt und ich kann Schweiß über ihre kugelrunden Pausbacken wandern sehen. Da steht dieses sechsjährige Gör, kaputt gefüttert, viel zu fett, in rosa Leggings und blonde Zöpfe gepresst. Sie wird niemals so eine TV-Wichsvorlage werden. In spätestens sechs Jahren wird sie ihre Mutter, meine dämliche Schwester, dafür hassen, dass es schon zum Frühstück Cola und Zuckercerealien gab. Und sie wird sich und ihren aufgedunsenen, vernachlässigten Leib so sehr hassen, dass die Pubertät eine wahre Sinfonie aus Komplexen, Essstörungen und bösartigen Hänseleien wird. Dann ist der nette Onkel zur Stelle und wird ihr erklären müssen, dass das irgendwann endet. Der Onkel wird lügen und die kleine heranwachsende Ferkelvisage wird es ahnen. Auf dem Tisch stehen eine Schokotorte, zwei übervolle Aschenbecher und eine halbvolle Flasche Absolut.

Absolut.
Ich schenke nach. Trinke zügig und beobachte, wie dieser kalkweiße Wichser meiner Schwester im Beisein aller die Hand unter den Rock schiebt. Mutti grinst nur blöde in ihr Glas und die kleine Ferkelnichte macht auf Castingopfer.

Eigentlich zuckt hier gar nichts mehr. Meine Leber vielleicht ein wenig. Die Fäuste später.

Ich starre auf meine Vorhautzuckfreundin, denke an meine letzte echte Freundin, die blonde Dicke mit den Zöpfchen und übergebe mich auf die Schokotorte. Niemand realisiert diesen hübsch dekorierten Brocken.

Ich frage, ob noch jemand ein Stück will.

Klar.

Guten Appetit.

Mathilde springt

Zwischen Depressionen und multiplen Orgasmen. Hamburg, München und Berlin, zwischen Schampus, überdosiertem Schnaps, Pülverchen, Tofu, klarer Suppe und Sternburg Bier.

Mathilde hängt ihre schneeweißen Beine in die Spree, freut sich an den stoppeligen Knien und spuckt im Minutentakt Bierrotze auf ihre Unterschenkel. Sie beobachtet, wie das Speichelbiergemisch ihre Bahnen zieht und sich schließlich im Spreewasser verflüchtigt. Mathilde fühlt sich gut, hier an diesem Platz, in diesem Moment, in dieser bierseligen, einsamen Halbnacktheit. Sie denkt an ihre verflossenen und Dutzenden Lieben. An diesen kleinen, blauäugigen Dicken, der immer so schallend lachte, dass man Gänsehaut bekam. An diesen glatzköpfigen Hooligan, der die traurigsten Augen der Welt in seinem schönen Gesicht spazieren trug. An den hakennasigen Jungen, der immer Geige spielte, während Mathilde in der Badewanne saß und ihn durch den Schaum betrachtete. An diese dunkelhaarige Frau, die vor Unsicherheit und Angst strotzte, aber lebens- und liebeslustiger nicht hätte durch das Leben wandern können. An diesen großen Philosophen, der sich auf der Suche nach dem was wahr ist, kurz in ihre Arme verirrte. An den schönen Literaten, der die Menschen nicht leiden konnte und sie beide noch weniger. An den großen, dürren, sich verlierenden Workaholic, an das selbstverliebte Waschbrett und an all die anderen Begegnungen, die ungefragt ihre Spuren hinterlassen hatten. Auf Mathildes Haut, im Gesicht, auf dem Kleid und ganz kitschig in der Brust. Macht ja nix, kann man ja waschen.

Sie sitzen alle neben ihr, nippen schweigend am Billigbier und tauchen ihre Füße in das Wasser. Man betrachtet sich kurz, winkt ab, lächelt wissend und trinkt.

Mathilde wünscht sich einen Sprung in das kühle Wasser. Will sich säubern und ganz rein sein. Sie entkleidet sich, steht dort in ihren verblassenden Erinnerungen und Erfahrungen, öffnet das nächste Bier, nimmt einen großen Schluck, schüttet sich den Rest der kühlen Prickelei über den Kopf und das Gesicht, lächelt und winkt den geliebten Randgestalten zu.

Und sie springt.

Mela

Die Welt ist eine Briefmarke, ein Sumpf und immer war die Schaufensterpuppe damit beschäftigt, den Schmutz von ihren Füßen zu waschen.

Mela erzählte gern und viel, war eigentlich immer traurig und saß immer auf ihrem Platz, in ihrem Lieblingsfenster und fürchtete festzukleben oder zu versinken. »Fällt dir eigentlich etwas Schlimmeres ein, als sitzen zu bleiben und sich nicht bewegen können?« Sie streckte ihre Beine aus, presste sie gegen das große Fenster und starrte in ihr leeres Glas. Fehlte nur noch, dass sie die fehlenden Rauschmittel durch Tränen ersetzte, ich konnte ihre Frage nicht beantworten und fürchtete ihre Theatralik.

Zuviel Intensität drückte mir aufs Gemüt, ihre traurigen Augen erfüllten mich mit Wut und ich war versucht ihren Kopf durch die, mit Schlieren verzierte, Scheibe zu drücken.

»Scherben bringen Glück«, nuschelte sie mir entgegen und ließ mich beschämt mit meinen falschen Gedanken spielen.

Auf den Bürgersteigen und Straßen dieser kleinen Welt, flanierten vor unseren Augen die Glücklichen und Schönen und gönnten sich ab und an einen neugierigen Blick auf das traurige Mädchen und ihren verständnislosen Schatten. Rote Schuhe, rote Lippen, wirres Haar und Liebe im Minutentakt. Heute im Sonderangebot: die Frau, die sich nicht traut und sich im Dunkeln fürchtet!

An diesem Abend kam mir ein Gedanke, der viel schrecklicher war, als Dunkelheit, leere Gläser und Minutenliebe. Was, wenn sie recht hatte? Ich versuchte mich zu bewegen, aufzustehen und konnte es nicht.

Alt und grau

Alt und grau werden?
Klar!
Und du wachst auf, entdeckst dich und fragst dich, was das eigentlich war. Gestern warst du doch noch 30 Jahre alt und Vorgestern warst du doch erst süße 18. Heute zählst du auf einmal 75 Jahre und zwirbelst deine Ellbogenhaut ganz abwesend und gedankenverloren.

Dein Spiegelbild entspricht gar nicht mehr den Fotografien, die in deinen Dutzenden Alben ruhen und wortlos Geschichten von der Liebe, der Welt, dem Leben und der Trauer erzählen.

Doch da!
Da ist noch etwas.
Etwas, das sich nicht leugnen oder ignorieren lässt. Etwas, das in dem 18, 30 und 75jährigem Gesicht tanzt. Benennen lässt sich das nicht, greifen würde man es gern aber es ist nicht fassbar.

Die Augen sind wach.
Nach wie vor, vielleicht sogar heute mehr als damals.

Das schwere, von grauen Strähnen eingerahmte Gesicht, wird von diesen Augen erleuchtet und getragen. Lustig und wild hüpfen sie zwischen Falten und gezeichneten Lachern auf und ab. Die leben, die haben Lust, die wollen. Und du glaubst den kleinen Fenstern, obschon du dich so oft nicht so wild und lebendig fühlst.

Die Füße schmerzen, der Rücken murrt zu oft und die ehemals prallen Brüste haben sich in faltige Lebenssäckchen verwandelt. Das sieht gar nicht mehr so lustig aus. Leben hast du damit genährt. Damals. Leider ist dir auch das abhandengekommen. Kein Kind, keine Enkel und keine zuckersüßen Weihnachtskarten und schokoglasierten Handabdrücke auf der vergilbten Küchenschürze.

Gestern warst du doch erst 30 Jahre alt. Gestern lag doch auch noch dieser brummige, große Mann neben dir im Bett. Und heute? Heute liegst du allein, belächelst deine beuligen Knie und wünschst dir, deinen Kopf wie damals, auf seine haarige und stolze Brust betten zu können.

Ihr hättet euch gegenseitig die Ellbogenzelte verlachen und die schönsten Augen der Welt bescheinigen können. Zwischen gestern und heute war er auf einmal fort.
Nicht mehr da.

Nur selten besuchst du ihn und das verlorene Kind. Sprichst zu Ihnen, wie sie da liegen unter einer Weide wartend, still und geduldig. Ein wenig werden sich die Lieben noch gedulden müssen.

Du willst doch die morgige 100 noch feiern, glasierten Kuchen essen und den vielen Freuden und Freunden vom Leben erzählen.

Hasso und Sarotti

Gangbang, Sandwich, Toleranz des Hungers und des Fressens. Cumshots, Analdehnung und nebenbei den Kleinen das Frühstück machen. Hilde will das gar nicht aber Horst geht sonst das minimale Einkommen bei Chantalle und Mandy im Puff verballern, er duscht danach nicht einmal und küsst dann die Kinder zur Nacht. Der freie Wille der Hilde. Sie will Klistierspielchen, sie will für Heim und Kinder sorgen, sie will lieben. Horst will, dass Hilde will.

Dass Hilde und Horst beliebig sind, ich die Beiden jederzeit durch dich, deinen Nachbarn, mich und das tägliche Menschenmaterial, das mir so vor die Flinte läuft, ersetzen könnte, das interessiert doch nicht, oder?

Angela trägt immer Kostümchen und eine adrette Frisur. Sie ist vorbildlich, stets freundlich und hat grandiose Manieren. Keine öffentlichen Fehltritte, politisch korrekt gegen Pädophilie, Tierquälerei und natürlich für den einheitlichen Wohlstand. Wenn sie aber mal ganz für sich, unter ihrer Dusche steht, träumt sie von Oralverkehr mit Hunden und wünscht sich einen kleinen, schwarzen Sklaven. Eine gute Frau, diese Angela. Sie funktioniert perfekt und schimpft nur dann, wenn der Nachbar den Rasen nicht mäht. Es gibt Dinge, die sind schlicht und einfach nicht zu tolerieren.

Des Nachbars Hund Hasso, den mag sie aber.

Sie träumt von nassen Nasen und davon, dass der böse Nachbar mit seiner Hilde und den Kindern in den Urlaub fährt. Angela würde Hundesitter spielen und Sarotti essen.

Daniel spielt Fußball. Ab und an auch an hübschen Mädchen, die er mit seinen Kumpels im Stammclub ausfindig macht. Noch lieber spielt er an sich selbst, wenn er für sich ist und die hübschen Männer sich in Hochglanzvideos ganz ambitioniert befingern.

Zählt aber nicht oder nur wenig.

Und wenn Daniel dann so unter der Dusche steht, oder auf einem dieser Discomädchen liegt, denkt er an seinen besten Freund, der das niemals erfahren darf. Gehört sich ja nicht. »Ich muss so sein«, sagen sie alle.

Und morgens wird freundlich dem Nachbarn zugewunken und sich gefragt, was da wohl so in den Köpfen der adretten, funktionierenden und schönen Menschen vor sich geht.

Herpeshure

Hinter ihrem Rücken nannte man sie gern Herpeshure. Ihr Exfreunde, Mädchenliebchen, Stecher, Möchtegernluden, Aushilfsschauspieler und Dealer. Sie war groß, schlank und hatte dicke Titten, die eingepackt in tiefen Ausschnitt und Glitzerflitzer reichlich anfassbar aussahen. Lange schwarze Haare trug die Dame auf dem benebelten Kopf spazieren. An den Füßen immer die geilen 13 Zentimeter und die Beine stets in Netz und Strumpf gehüllt.

Da steht sie also, die Herpeshure. Schwankend und debil grinsend, neben mir an der Bar. Sie fixiert den Barkeeper, der nix Geiles bis auf zu Tode tätowierte Haut, an sich hat. Er betrachtet ihre Erscheinung, erkennt das gierige Elend und verachtet. Den wird sie nicht blasen dürfen, da bin ich mir sicher. Der Kerl bevorzugt den weichen, pastelligen Blondinentyp, der sich wortlos bückt und ganz artig mit dem Arsch wackelt, wenn er danach verlangt.

Sie will wackeln, für sich und kurzweilige klitorale Orgasmen. Sie leckt sich über die Lippen, zwinkert mir zu, beugt sich, die Titten bedacht positioniert, über den Tresen und flüstert dem Typen dümmliche Zweideutigkeiten ins Ohr. Er gähnt, stellt ihr den Wodka vor das Gesicht und kümmert sich um die anderen Gäste. Die Hure interessiert das nur wenig, hat sie doch ihr liebliches Wasser, um eventuelle Unsicherheiten schleunigst fortzuspülen.

Ich mag ihren Arsch.
Ich mag sogar ihr Gesicht.
Auch ihre krampf- und krankhaft gelebte sexuelle Freigiebigkeit gefällt mir irgendwie. Ich könnte mich erbarmen, sie aufs Klo ziehen und ein wenig nett zu ihr sein. So mit anfassen und Kloakenküssen. Mach ich aber nicht, ich fürchte mich vor Herpesbläschen.

Ich schütte mir meinen Whiskey in den Hals, stecke dem Bartypen einen Fünfer zu, beiße mir etwas zu fest auf meine Lippen und küsse das dunkelhaarige Herpesmädchen auf den Mund. Sie schaut mich entrückt an und ich erkenne die scheiß Traurigkeit im verstecktesten Winkel, ihrer scheißschönen grünen Augen. Schwanz, Schnaps und Co leisten da keine erste und letzte Hilfe.

Ich gehe.
Am nächsten Morgen wache ich mit Bläschen auf der Oberlippe auf.

Hunger

Das Mädchen leidet Hunger, ist hungrig seit Jahren, mit jedem Schritt, jedem Atemzug und jedem Wimpernschlag. Es will genährt und verzehrt werden, will sättigen, den eigenen Leib füllen und ihren runden Bauch liebkosen lassen. Es geht gebeugt, mit hängenden Schultern und sich fehlender Nahrung bewusst durch sein Leben und verhungert an dem fahlen Sonnenlicht.

Nur einen Happen bitte, eine kleine Spende, ein schwindendes Lächeln.

Reicht doch.

Es bietet sich dar, will nähren und gekostet werden, dem hungrigen Gegenüber das geben, was ihm verwehrt bleibt. Gefühlsbuffet, Selbstbedienung, warme Hände, die sich dankend an ihm säubern und einen heißen Schnaps zum Abschied.

Hunger.

Nur ein wenig Liebe, ein wenig Zeit und Prisenworte.

So schleicht es durch die Welt, fällt, säubert seine Knie, sammelt sich auf und richtet sich wieder hübsch an. Das Auge isst mit, heißt es doch.

Das Mädchen nährt und verliert. Gewicht, sich, Ursprungsgedanken und dieses treibende Hungergefühl. Abends, wenn das Licht ausgeht, machen sich Herz, Kopf und Magen bemerkbar, ganz leise und kaum spürbar. Nur ein kleines Ziehen hier und da und die Kleinmädchengewissheit, dass dieses wirre Wollen morgen schon gestorben sein könnte.

Und bricht dieser eine Morgen an, erkennt das Mädchen die Sonne nicht mehr, läuft raus ins Dunkel, sucht in der Mitte, findet sich, greift an seine Brust und ins Leere.

Verzehrt, verstört, vergessen, gefressen.

Irma

Jeden Morgen, wenn der Mann neben ihr erwachte, sich aus dem Bett erhob und sich leise an der Geliebten vorbei schleichen wollte, vernahm er diesen im Halbschlaf genuschelten Satz. Das wusste zu verängstigen und zu verwirren.
Irma.
Seine Irma.
Lange hatte sie nichts von sich erzählt. Immer nur war sie nackt, bemalte ihre gigantischen Brüste, schwang ihre Hüften, trank jeden Mann unter den Tisch und wickelte ihn um den Finger. Immer nur lautes Lachen, schlechte Witze und verwirrende Koketterie. Lange Zeit erfuhr er nichts von ihr. Lange Zeit wunderte er sich über das unbewusste Zucken, das Erschrecken und diese seltsamen nächtlichen Nuscheleien.

Sie sollte bei und mit ihm leben, sich berühren lassen und anfangen den Witz durch Wahrheiten zu ersetzen. Nur bruchstückhaft erfuhr er von ihrem »Vorherleben«, wie sie es so schön nannte. Von der Gier nach dem »Nachher«. Von der Angst vor großen Männern, dunklen Kellerräumen und schnellen Bewegungen.

Sie erzählte von aus Wut getöteten Goldfischen, davon, dass sie Teppichklopfer aus Plastik schon als Kind hassen gelernt hatte, davon, dass rote Risse in der Haut irgendwann so normal erschienen, wie das tägliche Zähne putzen.

Irma verabscheute diese holländischen Holzschuhe, grobe Männerhände und blinde Mütter. Wenn sie weich, ehrlich und leise von ihrem Vorherleben erzählte, umschlang sie sich selbst, wiegte sich in den eigenen Armen, weinte nur selten und wenn, dann recht lautlos. Sie verlor sich dann in Erinnerungen an den Sportunterricht, an dem sie nie teilnahm, weil sie ihren Pullover nie ausziehen wollte. An die permanente Spirale aus kindlicher Furcht, pubertärem Frust,

der Suche nach sanften Berührungen und dem ausgesuchten Unglück immer wieder in grobe Männerhände zu fallen. Sei es sieben-, fünfzehn- oder zwanzigjährig.
Irma war groß und stark.
Schön war sie und weich. Ihre Augen versprachen Willensstärke und einen Funken Traurigkeit.
Der Mann hörte zu, beobachtete, streichelte nur kurz, nickte, küsste in stillen Momenten und liebte. Er war glücklich. Glücklich, dass es vorbei war. Glücklich, dass ihr niemand mehr wehtun würde. Beschützen würde er sie, sie festhalten, wenn sie es wollte und einfach nur ihren Geschichten lauschen, hoffend, dass der Altschmerz dem Nachherleben weichen würde.

Kunst verläuft sich

Ficken, statt zu küssen, schimpfen, statt zu fragen und stubsen, statt zu sprechen. Die Kunst verläuft sich, der Mensch betäubt sich und in ganz stillen Momenten finden sich fremde Hände und Herzhalluzinationen um sich nur einen Atemzug lang aneinander festzuhalten.

Ich glaube ich bin verliebt, ich muss doch was Tiefes fühlen, ehe jede Intensität versiegt. Da war doch was. Was Kluges, Amüsantes, Schönes, irgendwas hat mich doch angeblitzt. Ich kann mich nicht erinnern.

Da muss doch was sein, zwischen all den gecasteten Schönheiten und Fünfminutentalenten, ich muss doch etwas begehren und jemandem applaudieren. Noch ein Bier, noch ein hübsches Gesicht, noch eine Melodie, kurz schlafen, aufwachen und das Ganze von vorn. Vielleicht steht das Wohlgefühl ja heute an der Bar, in der Bahn oder in Buchstaben an irgendeiner bepissten Mauer.

Jeden Morgen wieder in dem Spiegelbild nach dem Gesicht suchen, das Wahrheiten gönnt und beruhigend wirkt. »Die meinen das ernst, die sind eigentlich ganz lieblich und Liebe funktioniert wirklich. Versprochen.«

Das ist der Job. Augen auf und durch aber wehe dir, du wünschst zu sehen und zu hören, dann wird's dunkel, erbarmungslos und gehässig. Der Onkel hat die Tante gar nicht wirklich lieb. Das Mädchen schläft nicht mit dem Jungen, sondern mit seiner Gitarre. Die saugende Arbeit macht gar nicht glücklich, sie macht nur müde. Absicherung heißt eigentlich Verunsicherung und in Würde leben, lieben und altern geht doch gar nicht. Dann geht das überschminkte Spiegelbild einkaufen, gönnt sich Zuckerbrause und Tiefkühlfraß, hockt wieder zuhause, erstellt das gewünschte Profil und klickt sich an jede gewünschte und verhasste Stelle.

Und während ich so dickbäuchig und edelblass in meinem geträumten Büro sitze, 1000 Liebes- und Lebensgeschichten abtippe halte ich kurz inne und male mir ein großes, rotes X auf die Stirn. »Gucken Sie, hören Sie oder klicken Sie doch weg, wenn es ihnen nicht passt!«

Versuche ich doch!

Aber so blind, taub und von idiotischen Halbtagsbösartigkeiten verblendet, macht das Spiegelputzen doch gar keinen Spaß.

Befrei dich!

Streck, reck dich und beginne die Reue zu vergessen! Erschlag die Katzenbergers, strangen Bonnies und jede hochstilisierte Prominenz mit deiner Gästeliste, deiner Brust, deinem Verstand, deinem vagen Mund. Entführe die TV-Elite und zwinge die Luderwichs und den Ledertaschenbohlen zu Klistierspielchen. Wowereit und Westerwelle könnte man in rosa Tutu kleiden und Bushido würde den Liebesreigen filmen. Klum und Konsorten dürftest du panieren und mit allerlei Totenfett füllen, bevor du sie frittierst, servierst und Dr. Doof daran fetter und dümmer wird.

Du führst Regie, kommentierst und besingst das Treiben. Wieso nur träumen, wenn du auch leben kannst?

Es perlt, du küsst, tanzt und hockst dich, weil du es kannst, nur Sekunden später splitterfasernackt zwischen all die Gesichtslosen und lässt allem Unmut, jeder Skepsis, Angst und hysterischer Freude freien Lauf.

Geh pleite!

Tätowiere dir mit schwarzen Filzstiften Kurzgeschichten auf die Brust und den Arsch. Greife dem 08/15-DJ in die Hose, schenke seinem Anhängsel einen Lolli, wünsche dir eine Dusche aus Mate, Speichel und Bierresten. Zieh dich aus, wenn du es willst und an, wenn dir all die Schwere zu kalt erscheint. Verkleide dich oder verstecke dich zwischen Dutzenden Lagen aus Stoff und Versprechungen.

Tu, was DU willst!

Ich will's sehen, du auch und der kreischende Rest der Welt doch sowieso.

Mach mal Mittag und dir keine Sorgen

Der Papa kommt bald. Christian starrt auf seine Zehen, wackelt ein wenig Hin und Her und fragt sich, ob es sehr hinderlich und schmerzvoll wäre, sich die Zehen abzunehmen. Er könnte seiner Mutter einfach das große Messer wegnehmen, seine Füße auf den Tisch packen und sich dann, mir nichts dir nichts, die Zehen abtrennen. Mama macht doch so gern sauber, das würde sie sicherlich sehr glücklich machen. Wenn Mama traurig ist, dann putzt sie. Wenn sie einsam, wütend, unbefriedigt ist. Wenn sie sich zwischen tiefer Depression und einem manischen Kollaps bewegt und wenn Papa nicht nachhause kommt. Dann rutscht sie auf allen Vieren über den Boden, trägt immer Papas karierte Hemden und schrubbt mit nackten, roten Fingern den nicht vorhandenen Schmutz weg. Die Wohnung entspricht einer ekelhaften Reklame und wehe, Christian schält seine Orange ohne Teller, auf dem nackten Küchentisch. Sehr paradox.

Christian pisst und kackt gern neben die Klobrille, auf dass die traurige Mutter was zu tun bekommt. Dazu sagt sie nie was. Sie macht nur sauber.

Papa kommt nicht nach Hause. Nie mehr.

Und Mama macht Gulasch mit Kartoffeln. Danach wird's Vanillepudding mit roter Soße geben. Sie wird lächeln, ihren Rotwein trinken, ihre tägliche Dosis Valium einnehmen, ins Bett gehen und nicht mehr aufstehen. Dann muss Christian ganz allein dafür sorgen, dass die Toilette sauber ist, das Essen auf dem Tisch steht und alles blitzt. Er wird sich erinnern, dass er nie »Danke« gesagt hat. Kein Danke fürs Klo putzen, für die rote Soße oder das Aufziehen und immer starr lächeln. Wäre wohl ganz nett gewesen. Er wird begreifen, dass er sich nicht erinnern kann, wann er Papa mal in karierten Hemden gesehen hat. Und er wird begreifen, dass Zehen sehr wohl nötig sind und Liebe auch, ab und zu.

Waschweib

Das Weib wäscht sich, reinigt sich und entledigt sich des Tagesstaubes, der in ihrem Gesicht, unter den Armen, zwischen den Beinen und auf ihren Handflächen Platz nimmt. Tag für Tag wandert sie durch den Alltagsschmutz, begutachtet die verschmierten Gesichter der Anderen und entdeckt neue Unebenheiten in ihrem.

Die Nachbarin zerrt an ihrem Kind, rückt dessen Anorak zurecht und schimpft über die matschverschmierten Hände. Teuer wäre der gute Polyesterfetzen gewesen, sauber müsse er sein, was würden die Nachbarn denken. Sie würden sich an dem spielenden Kind erfreuen, wie es da in der Pfütze sitzt und imaginäre Schiffe durch Kinderkriege manövriert.

Kleine Papierschiffchen, die unter lautem Lachen und tiefbraunen Modderpatschen untergehen, Spielgefährten, die sich mit verschmutzten Händen greifen, sich gegenseitig an den wirren Kleinkindhaaren ziehen und sich Kapitän oder Prinzessin nennen.

Das Waschweib würde am Küchenfenster stehen, geistesabwesend Gemüse putzen und sich wünschen, sie könnte sich ihr edelstes Kostüm überstreifen und neben den Kindern in der Pfütze Platz nehmen. Königin des freien Schmutzreiches wäre sie und jedem, der sich anschließen würde, würde sie eine Kleckerburg bauen.

Was die Nachbarn denken würden?
Nichts.

Sie würden sich anschließen, Papierschiffchen basteln, Dämme bauen und sich jeder reinigenden Dusche verwehren.

Da steht das Waschweib, ignoriert die Aufgaben und denkt nicht im Traum daran das Essen zu kochen, die Wäsche aufzuhängen, den Boden zu saugen oder die Fenster zu putzen.
Wozu auch?

Sie entschließt sich, ihr Gesicht unberührt zu lassen, den Alltagsdreck zu züchten und sich auf die Suche zu machen. Sie bewaffnet sich mit schneeweißen Putzeimern, wandert hinaus und sammelt. Sich, Pfützenwasser, Kindergedanken, Müttergeschrei, Kippenreste, verlorenes Spielzeug und allerlei Schmutzigkeiten.

Beseelt von so viel verkannter Reinheit huscht sie behände in ihr Reich, entledigt sich ihres Kleides und der verhassten Konventionen und schüttet die gesammelten Schätze in die große Badewanne. Sie wird ein Vollbad nehmen, sich strecken, die gekachelten Wände verzieren und erkennen, dass Schmutz, so wie er eben ist, doch der schönste und dankbarste Gast in ihrem Haus wäre.

Morgen

Jeden Morgen liegt sie neben mir, reibt sich ihre schlaflosen Augen und betrachtet mich, sich und ihr Leben. Jeden Morgen küsse ich ihre Stirn, schweige und warte auf die große, erwachte Traurigkeit, warte auf ein hoffnungsvolles Lächeln, warte auf das kurz durchscheinende Glück.

Sie erzählt mir seit Jahren von sich und dem, was um sie herum geschieht. Vom täglichen Zwiespalt, der Scham sich zu fühlen und zu spüren, wie es sich hier und jetzt doch eigentlich gar nicht gehört. Von missverstandenen Tränen, endlosen Erklärungen und der Einsicht, dass da wohl anstelle eines Herzens, eine hübsch bemalte Attrappe aus dünnem Papier ihre Arbeit tut.

Jeden Morgen liegt sie neben mir, nimmt meine Hand und fragt mich nach dem Glücksgefühl. Nach der Liebe, danach, wie sich Lachen anfühlt und ob meine Tränen mich auch manchmal verbrennen.

Immer erzähle ich ihr Märchen, die ich nur für sie erfinde. Kleine Geschichten von wahrem Wohlgefühl, kribbelnden Bäuchen, gehauchten Küssen, dem großen Verstehen und einem mit Freude aufstehen.

Sie ist traurig aber nicht leichtgläubig, hüllt mich in Hoffnung und legt ihren Kopf auf meine Brust. Natürlich glaubt sie mir nicht, weiß sie es doch besser. Dann umarmt sie mich fest, weint bitterlich und verbrennt mich. Morgen könnten wir doch einmal aufstehen und versuchen, das, was man Glück nennt, zu finden.

Morgen, ja.

Botenmädchen

Das Mädchen.
Gerne wurde es geschickt.
Jeden Morgen zum Kaufmannsladen, 4 Brötchen, einen Liter Milch und die Tageszeitung bitte!
Muriel.
Was für ein beschissener Name dachte sie so bei sich und fragte sich, auf welchem Paris-Trip ihrer Mutter wohl diese fixe Idee in den Rotwein gefallen war.
Muriel, kannst du deiner Mutter bitte ein Päckchen Zigaretten besorgen?
Und der Großmutter ihre Tabletten?
Und dem Bruder seinen Apfelsaft?
Und dem Vater sein Bier?
Und dir eine Prise braves Mädchen Leben?
Muuuuriäääl!
Muri!
Muuriiil!
Vier Zigaretten und einen Liter Pinot »Leck meine Hirnwindungen«-Noir.

Muriel wurde gern geschickt. Ein zuverlässiges und hübsches Mädchen mit dem gewissen Esprit und einer Prise Charme, sagte man sich. Vier Männer, eine nackte Frau und jeder kümmerte sich exklusiv um sich und sie.

Muriel ließ Besorgungen machen.
»Kannst du mir bitte ein Wohlgefühl verschaffen?«
»Könntest du mir nachschenken?«
»Mich dort anfassen?«
»Nicht loslassen?«

Das vermisste Botenmädchen, besungen vom furchigen Musiker, der sich so halb über Kopf in die flinken Beine verliebte und bei dem sie ganze vier Wochen blieb, um

Besorgungen zu machen.

Vier Worte und ein Vielleichtgefühl.
Ich liebe dich. Vielleicht.

Bis Morgen und bis zum nächsten besorgten Rotwein, Orgasmus, Fingerspiel und Liedchen. Vier Wochen auf dem Klavier, dem Saxophon, im Bett und nun im Radio.

Muriel.
Der musizierende und raue Furchenmann ist fort. Mutter, Vater und Brüderchen schicken das bestrumpfte, weit entfernte und fast vergessene Mädchen nicht mehr. Die Großmutter verlangt schon lange nicht mehr nach den Tabletten und der Kaufmannsladen wurde geschlossen. So findet sie sich wieder, halbgeliebt, auf ihre verstaubten Beine starrend und aufgabenlos.

Muriel.
Eine Melodie und eine Stimme in der Herzgegend des Mädchens nachhallend. Sie sucht nach neuen Viererkombinationen, winkt dem klapprigen Bus hinterher, aus dem ihr das gezeichnete Gesicht eines greisen Mannes entgegenlächelt, und hüpft die fremde Straße entlang.

Vier Jahreszeiten.
Vier Gefälligkeiten und vier Münzen in der Tasche.
Fühlt sich doch ganz gut an.

Well Muriel since you left town the clubs closed down
there's one more burned out lamp post down on main street

Mutti macht Mittag

Und klein Susi freut sich, denn es gibt tatsächlich mal etwas Warmes. Mirácoli, das hatte sie schon lange nicht mehr. Susi geht in die zweite Klasse. Sie hat mittellange und irgendwie immer wirre Haare. Ihre Zöpfe macht sie sich immer alleine, ihr Pausenbrot auch, also wenn sie im Kühlschrank was findet. Hauptsächlich gibt's dann Toastbrot und Nutella.

Susi lebt allein mit ihrer Mama in einer 2-Zimmerwohnung in einer Kleinstadt. Ihre Mama ist 26 Jahre alt, arbeitslos und ganz oft ganz traurig. Susi hat ihre Mama ganz doll lieb, auch wenn Susi manchmal das Gefühl hat, dass die Mama mehr für den Onkel Thorsten, den Herrn Schmidt von Gegenüber, den Phillip und den Frank aus dem Supermarkt übrig hat.

Meistens, wenn die Susi von der Schule nach Hause kommt, ist die Mama nicht da oder aber sie liegt im Wohnzimmer, auf dem ausklappbaren Sofa und schaut komische Sendungen, in denen sich dicke Menschen anschreien. Susi wird dann aufgetragen den Müll runterzubringen, abzuwaschen und die Toilette zu putzen.

Susi hat bald Geburtstag.

Sie wünscht sich eine Katze, so eine kleine ganz süße mit schwarzen Pfötchen und gaaanz langen Schnurrhaaren. Sie würde diese Katze Minka nennen, weil die Katze von der netten Omi im Nachbarhaus auch Minka hieß, bis sie dann eines Morgens ganz platt und blutig auf der Straße lag. Da war Susi sehr traurig.

Früher hatte sich Susi Freunde gewünscht aber irgendwie hat das nie so geklappt. Sie hatte versucht, die Mädchen aus der Klasse mit Schokolade, die sie aus dem Supermarkt neben der Schule geklaut hatte, für sich zu gewinnen. Das hat auch nicht funktioniert, die Mädchen flüsterten hinter Susis Rücken und zeigten auf sie. Vielleicht weil sie keinen Papa hatte oder vielleicht auch, weil die Mama so oft in ihren so kurzen Röcken und riesigen Hackenschuhen mit immer anderen Männern durch die Kleinstadt stöckelte.

Vielleicht aber auch, weil Susis Haare immer so wirr sind oder ihre Zöpfe immer schief. Es könnte aber auch daran liegen, dass Susis Hosen und Pullover meist fleckig sind. Sie hatte ja schon oft versucht den Schmutz rauszurubbeln aber das funktionierte meistens nicht.

Sie freut sich immer, wenn die Waschmaschine Zuhause ruckelt. Sie weiß, dass ihre Sachen dann ein paar Tage gut riechen und nicht so schmutzig sind. Bald hat Susi Geburtstag, dann gibt es Miracoli und ihre Mama umarmt sie sicherlich einmal. Susi freut sich sehr darauf, vielleicht schenkt ihr ja auch Onkel Thorsten eine kleine Katze.
Dann wird sie sie Minka nennen.

Natürlich habe ich den gefickt!

Ein beherzter Griff in die Hose, ein Augenzwinkern und ein neckisches Lächeln genügen mir, um dir Schmerzen zufügen zu wollen. Schönheit, Schöngeist, Verstand und Wahnsinnstitten. Der Geist schreit nach steter Betäubung oder wenigstens einem halbherzigen, besoffenen Penis in Hand und Mund. Du packst mir an den Arsch, zwickst mir in die Brust, während du mit deiner metallenen Zunge mein Ohr ertastest. Blöde Sau!

»Natürlich inszenieren wir uns tot, offenbaren Titten, Kopf, die Sucht nach der Liebe und der Intensität. Warum auch nicht? Solange du das alles hast, wirf es um dich!«

Zu gern verlierst du dich in Monologen über Körperschmuck, dem Perfektionieren des visuellen Selbst, den Vor- und Nachteilen von Analverkehr und der absoluten Selbstbestimmung. Der dämlichen Alice Schwarzer würdest du gern einmal einen 30-Zentimeter-Riesendildo klar machen, den maximalen Feminismus spüren lassen und offenbaren, dass sich selbst zum Objekt zu machen auch etwas mit sexueller Freiheit zu tun hat.

»Natürlich habe ich den gefickt.«

Du referierst über Schwanzgrößen, Vorlieben, Laut und Pferdestärken, während du auf diesen und jenen Jüngling zeigst.

»Habe ich auch schon gehabt.«

Ist die Parade an uns vorbei gezogen, der letzte Drink geleert, die letzte Schachtel verraucht und der letzte Möchtegernflirt überstanden, verfällst du in diesen einen Zustand. Die Liebe suchend, traurig, ganz ohne Schale, Glitzer und so liebenswert, dass ich dich auf meine nackten, vernarbten Schenkel bette, dir dein buntes Haar streichle und dich wissen lasse, dass das Herz durchaus auch gefickt werden kann. Ganz ohne Anstrengung, offene Beine und benebelten Geist. Natürlich

»Und natürlich sprechen wir von der blöden Liebe und suchen nach ihr, obschon wir dieses beschissene Wort verachten und als falsch betrachten.

Mauern durchbrechen, mit Kopf und Herz durch jede Wand und die verschlossenen Türen mit sanfter, treibender und streichelnder Freundlichkeit aufstoßend. Die anderen Suchenden wollen das ja auch so manchmal ein bisschen«

Junge mag Mädchen, Mädchen mag Jungen. Mädchen und Junge küssen einander, kratzen sich Narben auf die Münder und hinterlassen Brandzeichen, nur für die Beiden erkennbar.

Herzen poltern durch Badezimmer, Küche, Gasse, Club und Supermarkt. Herzen kleben aneinander, hocken im Fotoautomaten, lassen das Blutrot schwarz und weiß erscheinen.

Junge fickt Mädchen, Mädchen fickt Jungen. Laut und leise, sanft und heftig, kurz und lang. Gewollt, gezwungen, die Sucht nacheinander befriedigend, einander greifend und fesselnd. Junge und Mädchen streicheln einander die Wangen, Lippen, Haare und Hirne. Jede Geste, jedes Wort, jede Offenbarung ein Ziegelstein, mauern Junge und Mädchen sich ein, schaffen sich eine runde Behausung aus Angst, spitzen Schreien und Resthoffnung.

Kein Zaun, kein Hund und keine Veranda. Nur der Junge, das Mädchen und die herzgeschmückten Wände.

Schwarz und weiß.

Popstar

»Über Monate haben sie gekämpft, um ihren Traum zu verwirklichen: Popstar werden.« Über Monate haben sie sich auslutschen, vorführen und lächerlich machen lassen. Und endlich wird der Traum wahr, Produkt und Kurzkonserve werden.
Popstar!
Ein Traum.
Rote Teppiche, Schampus en masse, Gratis-Kokain, dicke Titten, Studioscheißarbeit mit den anderen Fisch- und Fleischdosen.

Detlef »Hampelmann« und Prosiebenquotenmulatte Dee Soost formt und drillt. Hochgeschminkte Ex-Fummeltrinen und Klischeelesben, die sich vor'm fixen Ausbrennen noch schnell nen paar Euro sichern wollen, supporten und befingern die Träumer.
Los!
Tanze, zieh dich aus, geh raus, sing und scheiße, sing Scheiße! On und off. Nein, On.

Erstrebenswertes Ideal zwischen Britney Spears-Neurosen, Talent-Wichsvorlage und Rex Gildo Fenster-, äh, Luftsprüngen zur Wahrheit werden lassen. Werbung machen für Slipeinlagen und den eigenen kurzgebumsten Schritt. Natürlich wird der Traum vom berühmt und reich werden wahr. Und natürlich wirst du umringt von Fans, suchst dir die Fickbarsten raus, benutzt und wirst benutzt. Die schmierigen Hände von Sido, Bushido, Julimond und etlichen Sternchen schütteln. Schönes Leben zwischen Nullbezahlung, aber geil aussehen auf dem Cover der Bravo und dem einsam sein.

Fünfjahresknebelvertrag, Taff, Sich vom Pocher oder Ochsenknecht schwängern lassen, die kleinen Famemuschis bumsen, nicht aufpassen, keinen Bock mehr haben aber müssen. Publikum, verhaltenen Applaus und Musik hassen

lernen. Für den Playboy ausziehen, Dschungelcamp als Herausforderung betrachten, Dinge erarbeiten, die verabscheut werden.
Verheizen lassen.
Ein Traum wird wahr.

Quietschfleisch

Etwas halbrohes Fleisch quietscht zwischen den Zähnen und Tschaikowsky lässt die Luft im Raum fassbar werden. Eine Handvoll Nüsse, pappige Lebkuchen und Oma sitzt dement grinsend auf ihrem Lieblingssessel. Noch einen Happen vom Vögelchen. Hier blutig, dort trocken.

Mutter starrt in ihr Glas Rotwein, leckt sich über ihre blauen Lippen und übersieht die Fett- und Weinspritzer auf ihrer weißen Bluse. Übersieht den ungeliebten Ehegatten, die demente Mutter, die fliehen wollenden Kinder und übersieht, dass es bereits die zweite Flasche an diesem Abend ist.

Vater öffnet den Hosenschlitz, greift sich an den Bauch, schmettert schallende Witzchen und verlangt nach einem neuen Bier. Verlangt nach fettigen Küsschen, nach einer Bauchkraulerin, nach Applaus und mehr Bratensoße.
Das Fleisch quietscht immer noch.

Die Kurzstreckenbesucherfüße stecken in alten Filzlatschen und frieren dennoch auf dem fremdelnden Boden.
Geschenke würfeln. Eine Sechs und man entfernt die mühevoll gebastelte Glitzerhaut von einem neuen Handy, neuen Schuhen, schrecklichen Bildern, gerahmten Fotos, Gutscheinen, Eintrittskarten, kratzigen Pullovern und Dutzenden Nullgedanken.

Noch einen Nachschlag? Quietschfleisch? Eierlikör?

Neue Geschichten von verstorbenen Verwandten, Bekannten, sowieso schon Toten? Noch eine Rüge ob der Ausdrucksweise, des Kleidungsstils, des Berufs und des Gesichts?
Noch einen Schluck.
Versteckte Furcht vor dem neuen, elenden Jahr. Küsschen, glattes Lachen, kalte Hände, nicht mehr an wirkliche Erfüllung glauben. Brüderchen, Schwesterchen, Mütterchen, Väterchen Frost.

Ruckel

Omas Duftwässerchen waren immer penibel sortiert. Nach Größe, Farbe und emotionalem Wert. Klein, groß, rosa, hellblau, in kristallenen und gläsernen Fläschchen reihten sie sich auf der uralten Anrichte aneinander. Max und Mira liebten diese Ordnung und dieses Gemisch aus vielerlei vertrauten Düften, die durch das Zimmer waberten. Der Duft nach Omas Halsbeuge, wenn sie die Zwillinge zur Begrüßung umarmte, nach ihren Händen, wenn sie sich schuldbewusst verabschiedete und nach den klitzekleinen Pullovern, die der Postbote brachte, wenn eine Feier oder Geburtstag anstand.

Das waren die Wohlerinnerungen, die kleinen, lieblichen Momente. Die Kinder tobten über den Hof, scheuchten die gackernden Hühner, die schnatternden Enten, robbten durch den Garten, um Erdbeeren, Zuckerschoten und Johannisbeeren zu naschen. Die Schweinchen besuchen, die kläffenden Hunde begrüßen und im Scheunenheu gesammelte Steinchen und Gräser ausbreiten und tauschen. Die Kinder hatten sich, den Hof und die wilde Freiheit. Die Mama, Großeltern, Tanten und Onkel hatten sich, den billig erstandenen Weinbrand, den Wodka und das Bier.

Oft saßen Max und Mira aneinandergeschmiegt an dem großen Tisch, knabberten ihre Käsebrote und beobachteten die klugen Erwachsenen. Beobachteten, wie die Mama immer intensiver errötete, beobachteten, wie der angeheiratete Onkel unter dem Tisch versuchte, die Mama zu befummeln, wie der Opa immer tiefer in seinen Sessel sank, wie Oma immer aggressiver und bösartiger wurde und wie die Zaungäste, Nachbarn und Fremdfreunde, sich an den Prozenten und dem betrunkenen Vergessen erfreuten.

Max und Mira schwiegen, weinten nur selten und hatten ja sich.
Sich und Ruckel.

Ruckel war der größte Hund der Welt und der blöde besoffene Onkel, der immer aussah wie Rübezahl, war sein Herrchen. Ruckel war der einzige Hund, der immer ins Haus durfte, weil er eben war, wie er war. Groß, gemütlich und egal. Wenn die Erwachsenen zu laut wurden, die Käsebrote verzehrt waren und die Füße zu kalt wurden, krochen Max und Mira immer zu Ruckel in den riesigen Korb. Sie umschlangen das brummende Tier, hielten sich und den Hund fest und erkannten den Geruch von Speichel, Hof und Futter als das ultimative Wohlgefühl. Vielleicht doch etwas schöner als Omas Duftwässerchen, den allmorgendlichen Schnapsgeruch, der an den Großen hing und sowieso viel besser als Rübezahls Essensrestbart. Mit Ruckel wurde gekuschelt, geweint und gespielt. Der Hund tobte mit den Geschwistern durch die Felder, rollte sich kreuz und quer. Wurde es ihm vorgemacht, sprang er ins Wasser, sah er die beiden planschen und trottete ebenso erschöpft auf den holprigen Sandwegen in Richtung Hof. Ruckel war die Liebe und die Sicherheit, und wenn einmal ein betrunkener Freund der Familie auf die Kinder zukam und nicht ahnte, wie sehr er eigentlich stank, knurrte Ruckel ihn an und fletschte die Zähne. Mama machte das nie.

Immer war er da, wenn sie in den Ferien bei Oma und Opa schliefen und an vereinzelten Wochenenden abgegeben wurde. Er lag immer vor der Tür und wartete auf seine schützenswerten Spielkameraden.

Bis zu diesem einen Wochenende, als die Mama zu einem Mann in eine fremde Stadt fuhr und den Kindern die Ranzen schnürte, ihnen noch zwei Flaschen goldbraunen Weinbrands für die Oma einpackte und sie in einen Zug setzte. Kein Empfang, kein Geschnarche und ein brummiger Rübezahl.

Wo der Ruckel wäre?

Verreckt wäre das Vieh, zu blöde und taub wäre es gewesen. Vor ein Auto wäre er gerannt. Weg wäre er. Für immer.

Mira und Max stellten die Flaschen auf den Tisch, nickten der

Oma zu, bemerkten den im Sessel schlafenden Opa, nahmen sich an die Hände und liefen los. Das Feld, den See, den Garten, die anderen Tiere und den staubigen Weg besuchen.
Für immer weg?
Niemals.

Suchtsau

Ich wache auf. Der Kopf dröhnt, droht mir zu zerplatzen und mein Bett zu beschmutzen. Der Schmerz erlöste mich ungefragt und erbarmungslos von meinem Halbschlaf.

Ich schwitze, krampfe und spucke röchelnd auf meine Kopfkissen, ich sollte zielen lernen. Um mich herum bewegt sich nichts und alles.

Die Fenster sind verschlossen, die Vorhänge zugezogen und alles scheint, als wäre es in grau getaucht und mit Staub überzogen.

Es flimmert vor meinen Augen und meine Kehle schnürt sich zusammen. Meine Zunge pappt an meinem Gaumen und scheint dort für immer festgeklebt zu sein. Ein kurzer Gedankenblitz durchfuhr mich.

War ich bereits tot? Verweste ich bereits und stank mein unaufgeräumtes Zimmerchen voll, bis mich jemand finden sollte? Dann dämmerte es mir.

Ich war nicht tot und wenn, würde mich sicher keine Sau finden, weil sich schlicht kein Mensch für mich interessierte. Vielleicht würden meine Nachbarn sich irgendwann, des Gestankes wegen, beschweren wollen. Dann würden sie mich finden. Er war doch ein Trinker und eigentlich nur betrunken anzutreffen, würde es heißen. Einsam war er und niemals sah man eine Frau aus seiner Wohnungstür kommen, eigentlich sah man nie jemanden, der den armen Teufel besuchen wollte.

Ja, ich war ein armer Teufel.
Der Vater, unbekannt.
Die Mutter, Prostituierte.
Der Bruder, früh verstorben.
Die erste Freundin, nicht vorhanden.
Alles unwahr.
Mama und Papa waren seit knapp 30 Jahren verheiratet.

Ich war ein Einzelkind.
Behütet, verwöhnt und niemals wurde auch nur die Hand erhoben.
Ein glücklicher Bengel.
Leider nur etwas zu introvertiert.
Leider etwas zu einsam.
Leider etwas zu neugierig.
Das erste heimliche Bier mit 14, der erste Schnaps, als ich 16 war.
Seichtes Kribbeln im Leib, eine lockere Zunge, die oftmals zum Einsatz kam und geradezu vortreffliche verbale Fähigkeiten. Amüsant, intelligent, gut angezogen und gern gesehen. Ich habe Frauen gebumst, die ich nüchtern nicht einmal anzusehen gewagt hätte. Jim und Jack waren meine zuverlässigsten Kuppler. Was mich zu Fall brachte? Mich an mich, die Flasche und letztendlich an mein Bett fesselte? Ich weiß es nicht und habe es nie hinterfragt.
Meine Spiegel habe ich verhangen und meinen eigenen täglich auf gesundem Maß gehalten. Meine Freunde, oder die, die ich für solche hielt, habe ich gelöscht und ignoriert. Meine Frauen habe ich virtuell gefunden und meine Stammkneipe in mein Zimmerchen verlegt. Das Telefon ist seit Monaten aus und ich knipse mich täglich an, wenn Jim und Jack an meinen Händen zerren.
Ich strecke mich, erleichtere mich, übergebe mich auf den klebrigen Boden, zünde mir eine Zigarette an und gebe dem Zittern und Zerren nach.
Ein neuer Tag.
Ich lebe.

Maria & Magdalena

Wilde Kupferlocken, ein gerötetes Gesicht und glänzende Lippen. Dort steht dieses Mädchen, allein. Sie küsst die Scheiben der S-Bahntür und lächelt mit verklärtem Blick ins Leere. Ich beobachte sie ganz offen und kann nicht ablassen. Sie hat schneeweiße Haut, bis auf die Stümpfe abgekaute Fingernägel und ganz sicher eine Affinität zur Maßlosigkeit, das verrät mir ihre zu enge Hose, die sich prall um ihre runden, fleischigen Hüften schmiegt.

Ich sitze mit verschränkten, gefangenen Beinen auf den harten Polstern und gerate ins Schwanken. Ich starre, lecke mir über die Lippen, wühle in meinen Haaren, nehme meine Brille ab um sie zu putzen, halte den Atem an und wünsche mich neben dieses fremde Weib. Kindfrau in rot, so nenne ich sie und verliebe mich ein wenig und nur ganz kurz.

Sie hinterlässt einen schmierigen Film auf der Scheibe und ich erwische mich dabei, dass ich ihn mit meinem Ärmel abwischen und aufbewahren will. Sie riecht nach Vaseline, kaltem Rauch, Schweiß und Zuckerwatte, davon bin ich überzeugt. Man könnte sie Maria oder Magdalena taufen, ich würde es tun, auf meine Art.

Sie bemerkt mein wildes Starren und schaut mir unverhohlen ins Gesicht. Ich fühle mich keineswegs ertappt oder gar beschämt. Mein Mund flüstert ein leises »Maria«.

Sie begreift, lächelt mich breit aus ihrem zahnlosen Mund an und entgleitet mir, als sich die Türen öffnen.

Amazonentanz

Ich wache mit nassem Rücken auf und verdrehe mich um den großen Philosophen zu betrachten, der da
betrunken seinen schlaffen Penis in der Hand hält und mich verwundert ansieht.

Ich begreife nicht.

Zu meiner Linken liegt der haarige Ex-Mann und sabbert aus seinem offenen Mund, während er im Schlaf vor sich hin säuselt.

Was ist hier los?

Meine Fingerspitzen kribbeln und liegen nur Sekunden später neben mir auf dem Kissen. Schleunigst in den Mund gesteckt, keiner darf sie sehen.

Ich bin eine Träumerin!

Behände wird sich von diesem Horrorszenario gelöst und man tänzelt wirr ins Badezimmer, starrt dort in dieses fremde Frauengesicht und badet deren Gesicht unter etlichen Litern eiskalten Wassers. Schwarze Sturzbäche zeichnen sich unter den Augen ab, rinnen hinab in Richtung Mund und suchen sich den Weg durch die kleinen Fältchen, die sich da breitmachen. Die Fingerspitzen in meinem Mund werden sorgfältig Stück für Stück an die richtigen Stellen geklebt. Etwas feucht und aufgeweicht erfüllen sie dennoch ihren Zweck. Das schwarze Netz aus Wasser, Fett und Einsicht verteile ich ambitioniert auf meinen Brüsten.

Ich zeichne mich neu. Kriegsbemalung, Kunst in Schwarz und Schneeweiß. Ich werde zu einer nüchternen Amazone, drapiere zerrissene Handtücher um meinen Körper, bin die Stammesälteste und erteile Befehle.

Die Schwarzbrüstige starrt weiterhin das Spiegelbild an, die Fremde dort ist befremdlich schön, zwinkert mir aufmunternd zu und sagt »Tu es!«

Wenn nicht jetzt wann dann?

Man schleicht auf nackten Füßen durch die Wohnung, möglichst graziös, vielleicht beobachtet mich jemand und präsentiert mich auf N24 oder Phoenix. Die sollen das Oberhaupt der Schwarzbrüste äußerst elegant und bestimmt erleben. Wild kreischend stürze ich in mein Schlafzimmer, springe auf das Bett, um die bösen Geister zu vertreiben. Den sabbernden Säusler, den spritzenden Idioten und alle anderen, die sich da sicherlich auch versteckt halten. Ich steige empor über deren gelähmte Leiber und singe und springe einen nach dem anderen zu Staub. Drehe mich gefühlte 1000 Mal um mich selbst, verliere meine Handtücher und meinen Verstand. Nach Stunden, Tagen, Wochen stürze ich über meine eigenen wunden Füße.

Die Farbe ist verschwunden, ebenso die bekannten Fremden und der Staub. Die Kamera läuft.

Gulaschgirl

Die Sonne geht unter und wir gehen auf. Ein kurzer Fußmarsch, bestückt mit einer Flasche Rum und zwei schönen Männern, von der Schönhauser in die fremde Wohnung eines Halbfremden.

Es nieselt und ich schwitze.

Die Begleitherren schwatzen fröhlich und treiben mich an. Ich trinke, schweige und wandere auf eine Nacht zu, die mich nachhaltig küssen wird. Minuten später finden wir uns scherzend, Rum versauend und etwas verunsichert in dieser Wohnung wieder. Helle Ecken, freundliche Instrumente an jeder Wand und ein uns umarmender Mann, der nach Geschichten aussieht. Britta und Bubi stellen sich vor. Der Hausherr rückt seine Brille und mein Kleidchen zurecht. Meine Begleitung nimmt Platz und wird eingelullt in Qualm und Anekdoten. Rum, drum herum, geschnalzte Liebeserklärungen, lautes Gelächter und ich weiß nicht, was ich hier verloren habe. Ein Stück Herz vielleicht, ne Prise von mir vielleicht aber auch nur ganz altbekannt den sowieso verkannten Verstand. Alte Fotos, Videos und Lieder werden offenbart, unter dem Tisch wird gefüßelt, die Britta designt Schuhe, der Bubi ist ein hochattraktives Anhängsel und weiß selbst nicht, was er eigentlich macht, der Gastgeber steckt in altbackenen Schuhen und ist seit gefühlten 100 Jahren auf der Rockstarfarm zuhause. Erich und Jan, meine Begleithunde hecheln und verfangen sich in den beneidenswerten Haaren des Rockstars während er Rum, Rotwein und scharfe Alkoholsuppe ausschenkt. Wir baden ineinander, reizen einander aus und schütten in immer kürzer werdenden Abständen Treibstoff in unsere Leiber. Geschichten von der Liebe, dem Sex, dem wahren Gefühl und anderen Körpern kleben im Raum, während Gloria Gaynor, die verhasste Nena und andere nichtssagende Kapellen unterschwellig die Köpfe füllen. Macht ja nix, ich bin hier und werde wohl bleiben. Ich überlege kurz, wie lange es wohl aushaltbar wäre, in der Badewanne zu wohnen, täglich Gulasch für diverse Fremdmenschen zu kochen, Gitarren abzustauben, Rum zu trinken und den Geschichten zu lauschen. Und während ich mich gedanklich festsetze, zieht mich der schönhaarige Mann auf seinen Schoß, streift mir zwei Silberringe über meine geschwollenen Frühfrauenfinger und fordert mich auf, zu bleiben. Das Kopfschmerz ankündigende Pochen in meinem Schädel schlägt einen Takt und ich stimme ein: ja, badumm, ja, badumm. Und am nächsten Morgen stehe ich nackt in der Küche und bereite Frühstück für Britta, Bubi, Erich und Jan, die immer noch träumend in der Badewanne liegen.

Ebenfalls erschienen:

GEIL GEIL GEIL

»Ich schütte hier mein Herz und meinen Schwanz vor euch aus!«

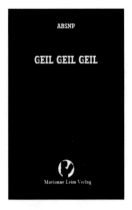

ABSNP hat mit »GEIL GEIL GEIL« ein Werk geschaffen, das Texte rund um die Lust und die Liebe vereint. Ein Buch im Kampf zwischen Geist und Körper, zwischen Pornographie und Kitsch. Absolut menschlich und absolut ehrlich.

ABSNP
GEIL GEIL GEIL
128 Seiten
ISBN-13: 978-3981591651

Ebenfalls erschienen:

Wir alle zusammen sind so verdammt allein

Normal oder verrückt? Gesund oder krank? Glücklich oder unzufrieden? Entscheiden Sie sich jetzt, gehen Sie nicht über Los und ziehen Sie keine weitere Option in Betracht. Oder lesen Sie dieses Buch. 19 Texte - vollgepackt mit wundersamen Gedanken in Form von sehr privaten Erzählungen bis hin zu hochpolierter Bühnenpoesie.

Leser über Melliteratur:

»Einfache Sätze und einträgliche Bilder schaffen atmosphärische Dichte und genau den elegischen Takt, den es braucht, um den Leser aus verträglicher Distanz in die Unmittelbarkeit der Geschehnisse zu ziehen.«

»Wie ein klammer Wintermorgen. Von desolater Schönheit.«

»Kritisch, ehrlich und auch noch literarisch gut.«

»Wow. Harter Tobak . Aber super gut.«

Melanie Sengbusch
Wir alle zusammen sind so verdammt allein
80 Seiten
ISBN-13: 978-3981591675

Ebenfalls erschienen:

Schaum

Ein mutiges Buch. Ein gewagtes Buch. Keine Lektüre für zwischendurch, sondern etwas, das den Leser fordert, ihn beim Lesen quält aber dennoch in der Nähe des roten Fadens lässt. Beckmann ist mit »Schaum« eine Gratwanderung zwischen Kunst und Literatur gelungen, die das Lebensgefühl einer neuen Generation ebenso ausdrückt, wie infrage stellt.

Aus dem Inhalt:

Wie konnten wir denn ahnen, dass Regeln die unangenehme Angewohnheit hatten, so abgefuckt öde wie ein altes Schinkenbrot zu werden.

Wahrhaftigkeit im Wahnsinn zu suchen, wer kommt denn auf so eine bescheuerte Idee?

G.B.Beckmann
Schaum
148 Seiten
ISBN-13: 978-3981591620